U0878616

〔西班牙〕希梅内斯◎著
王 蝶◎译

小毛驴与我

海峡出版发行集团 | 海峡文艺出版社
THE STRAITS PUBLISHING & DISTRIBUTING GROUP | Haixia Literature & Art Publishing House

图书在版编目(CIP)数据

小毛驴与我/(西)希梅内斯著;王蝶译. —福州:海峡文艺出版社,2017.8(2023.9 重印)
(诺贝尔文学奖大系)
ISBN 978-7-5550-1194-1

Ⅰ.①小… Ⅱ.①希…②王… Ⅲ.①散文诗—诗集—西班牙—现代 Ⅳ.①I551.25

中国版本图书馆 CIP 数据核字(2017)第 144626 号

诺贝尔文学奖大系

小毛驴与我

[西班牙]希梅内斯 著 王蝶 译

责任编辑 林可莘
出版发行 海峡文艺出版社
经　　销 福建新华发行(集团)有限责任公司
社　　址 福州市东水路 76 号 14 层
发 行 部 0591—87536797
印　　刷 福州俊丰彩印有限公司
地　　址 福州市晋安区鼓山镇鼓一村福光路 189 号
开　　本 889 毫米×1194 毫米 1/32
字　　数 116 千字
印　　张 5
版　　次 2017 年 8 月第 1 版
印　　次 2023 年 9 月第 3 次印刷
书　　号 ISBN 978-7-5550-1194-1
定　　价 32.00 元

如发现印装质量问题,请寄承印厂调换

颁奖辞

瑞典文学院院士 雅尔玛·古尔伯格

本年度诺贝尔文学奖的得主是希梅内斯先生，他是一位将其漫长一生奉献给诗歌和美的诗人。同时他也是一位老园艺师，他花费了半个多世纪的时间用来培育这一种新玫瑰，这种新的神秘的象征着圣母玛利亚的白玫瑰完全可以用他的名字来命名。

《远方的花园》(1904) 是本世纪[①]初他创作的重要作品之一。1881 年，希梅内斯出生于安达卢西亚平原的南部，这个地方距离瑞典旅客所熟知的从赫雷斯到塞维利亚的线路非常遥远。他的诗作并不是那种具有强烈芳香、甘醇醉人的美酒，他的作品不是一座变为大教堂的宏伟的清真寺。但是他的作品会让你不由得联想到一座高高的花园，它的周围是白漆漆成的一圈围墙。这个花园像是十分稀有的风景，令过往的游客神往。人们常常想要带着相机进去一窥究竟，然而当真正进门后，才发现这里除了各种果树、萦绕四周的清新空

①指20世纪。

气和鸟儿的啼声、映衬蓝天的池中碧水之外，也并没有什么奇景。在一个用阿拉伯文化土壤奠基的繁茂的花园里，更加不可能会出现把清真寺的小尖塔改建为象牙塔的现象；徘徊的游客最终发现园子里的那种宁谧并不是真实的，这种与世隔绝也只是一种短暂的表象。然而，他们一定会发现，那里的玫瑰花散发出来的光芒能够让人愉悦，从那里散发出来的美的冲击甚至比观看戏剧和其他的感官愉悦更令人快乐。就当游客们屏住呼吸，认真欣赏这个花园时，园艺师却像是一位严肃的灵魂导师一样，猛然出现在你面前。原因在于来访的游客在进入花园以前，没有看到门口的标牌：进门前，首先要在泉水边上漱口、刷牙、洗手、脱鞋……这些规定和一般信徒进清真寺的要求是一模一样的。

希梅内斯第一次出版诗集那年，恰好是西班历史上考验良知的一年。1898 年 12 月 10 日，西班牙与美国在巴黎签订条约，在这一条约中西班牙把古巴、波多黎各和菲律宾割让给了美国。同时，令西班牙曾经称霸全球的海军也名誉扫地，那支用来签署条约的笔在一夜之间就把整个西班牙殖民帝国的残余给一笔勾销了。这件事举国震惊，当时马德里的一批作家，挥起手中的笔，用文人特有的方式在西班牙的领土上征战讨伐。他们当中如马查多兄弟[①]、巴列 · 因克兰[②]和乌纳穆诺[③]最终都实现了自己的目标。他们自称是现代派，整日围绕在他们的领袖——当时客居在西班牙的尼加拉瓜诗人鲁文 · 达里奥的周围。在 20 世纪初，就是这位达里奥为希梅内斯出版第一本诗集《紫色的灵魂》（该书的名字缺乏威猛勇武）出过力。

①马查多兄弟：指曼努埃尔和安东尼奥，两人均为西班牙著名诗人、剧作家。
②巴列 · 因克兰：西班牙小说家、剧作家、诗人。
③乌纳穆诺：西班牙作家、哲学家。

希梅内斯并不是那种勇于在光辉灿烂的舞台上大胆创新的人，他的歌声常常是从朦胧幽暗的地方传出来，吟唱月光与忧愁，和舒曼还有肖邦作品当中忧郁的曲调相共鸣，羞涩而又低沉。他因海涅而流泪，同时也因海涅对西班牙人的鼓励而流泪，他称赞那位被目光短浅的崇拜者誉为“金发的北欧国王”的精致诗人贝格尔①，更学习魏尔伦用低沉的腔调吟诵他的《悲哀的咏叹调》(1903)。渐渐地，等他站稳脚跟后，他就从法国象征主义的高雅、迷人当中逃离出来，但那和谐悦耳和亲切的特点则给他留下了深刻的印象。

音乐与绘画——我们发现，在塞维利亚，这个年轻人在还是学生的时候，也有过当画家的念头。就像我们说到他的同龄人毕加索的作品分为蓝色时期和玫瑰色时期一样，文学史家也常常提醒我们注意他的作品可以分为好多阶段。第一个阶段是他所有的诗作都分为黄色和绿色阶段——他的学生费德里科·加西亚·洛尔迦②就是在绿色阶段受到了很大的启发；后面是白色阶段，明艳亮丽的白色风格作品被认为是他生平第二个具有决定性的诗作风格。幸运的是，我们可以看到诗人内心的明亮和丰富多彩。除此以外，他的长篇作品大都是洒脱飘逸的，而且阴暗忧郁的情调不见了。这些诗作只表达诗意和爱，谈与诗和爱有关的一些风光和大海。它们拒绝任何外在的矫揉造作，用拘谨和耐心去表达作品的朴素和完美。诗作里头的朴实无华就是诗人的直率。

希梅内斯第二阶段的诗风充分展现在他的《一个新婚诗人的日记》(1917) 里。就在这一年，这位新婚的诗人第一次访美，在他的

①贝格尔：西班牙诗人、散文作家。

②费德里科·加西亚·洛尔迦：西班牙诗人、剧作家。

日记里满是写大海的诗，表达着自己对大海的无限情感。1918 年出版的《永恒》和 1919 年出版的《宝石与天空》成功地开启了他多年来追求自我和世界认同的新阶段，他的诗和思想都希望是“为事物找到正确的名字”。慢慢地，他的诗变得简洁、率真而且透明。这实际上已经成了神秘诗人希梅内斯的代表性名言警句了。

因为一门心思想要超越原有的成就，希梅内斯对自己早年的很多作品都做了严厉的批判，并且进行了大幅度的修改，他把自己稍稍满意的诗编成一册有相当篇幅的诗集。1923 年，在《美》和《诗歌》两卷诗集出版以后，他为了尝试新的体裁，便放弃把作品出版成书的想法，转而把没有题名和署名的诗印在传单和报纸上散发。1936 年，西班牙内战爆发，他原先将作品结集成21卷出版的计划也泡汤了。《底层的动物》（1949）是他在流亡时期的最后一部作品，若是大致地读一下，还是可以看出其有进步的迹象。而在文学史上提到他这个时期的作品时，常常是用“希梅内斯晚期的风格”来表述的，但是如果现在就要严格评判它的优劣，也许有点为时过早了。

现在，他满怀悲伤地侨居于旧殖民地波多黎各，我们非常遗憾，今天没有机缘看到这位和格雷科[①]给他所画的肖像完全一样的诗人——在格雷科的画笔下他面颊消瘦，眼窝深陷。不过我们能够在《小毛驴与我》（1914）这本有意思的书中看到他一副比较轻松的自画像。画像里的他留着基督徒式的胡子，骑着一头小毛驴，身旁还有一些吉卜赛的小孩冲着他大叫道：“疯子！疯子！疯子！”事实上，诗人和疯子经常是无法区分的，但是他的疯狂表现在他的智慧上。很多在西班牙近代文学史上赫赫有名的大诗人，比如拉斐尔 · 阿尔伯蒂、

①格雷科：西班牙著名画家。

豪尔赫·纪廉、萨林纳斯，还有费德里科·加西亚·洛尔迦等都是他的学生。以米斯特拉尔为代表人物的拉丁美洲诗人群体也同样如此。现在，让我引用一位瑞典记者在得知希梅内斯获得诺贝尔文学奖时的感言吧："希梅内斯是一位天才诗人，他有如同阳光照耀一般的朴素自然，但是他好像并不知道自己的天赋才情，就像我们无法感觉到他超脱凡尘的心境，直到有一天我们发现了他，我们看到了他，才开始仔细聆听、仔细阅读，就好像在旅途中不经意间看到了一朵花，我们会禁不住感叹这个奇迹。"

从历年获得诺贝尔文学奖的情况来看，西班牙文学仍然是一座只能远望的花园，我们常常没有对园内的景物多加留意。今年的文学奖获奖者就是著名的"1898 年的一代"[①]当中硕果仅存的一位伟大诗人。他们这一代诗人曾经经历过大西洋两岸的西班牙属系国家的分合，这也更加显示出他是一位经得起考验的文学大师。瑞典文学院在表彰希梅内斯先生之时，也对他所处的那个光辉灿烂的西班牙文学时代表示最崇高的敬意。

①"1898 年的一代"：指西班牙文学史上一个重要的作家群体。在 1898 年的美西战争中西班牙战败，这次战争的失利，激起西班牙国内一群血气方刚的年轻作家开始为挽救国家的命运而大声疾呼，他们创作了一批以揭露西班牙现实为题材的作品，从而把西班牙文学推向一座高峰。

致答辞[①]

希梅内斯

我非常感谢著名的瑞典文学院授予我这份殊荣，说实话，我感到受之有愧。因为悲伤和疾病的困扰，我无法离开波多黎各亲自前来参加颁奖盛典。因此，我现在不得不委托波多黎各圣胡安大学校长雅莫·贝尼泰斯先生代表我前来出席1956年诺贝尔奖颁奖的各种仪式。大家可由此见证我在波多黎各的与日俱增的友谊交往中建立起来的深厚感情。

---

①希梅内斯未亲自参加颁奖典礼，而是委托其任教的圣胡安大学的校长雅莫·贝尼泰斯代为参加。以下是希梅内斯委托雅莫·贝尼泰斯代为传达的口信。

目录

小毛驴与我

一　柏拉特罗

柏拉特罗娇小可爱，全身软绵绵的，摸上去像棉花一样，一点也感觉不到骨头。不过它那两颗宝石一样的眼睛却出奇的硬，仿佛两只黑色的水晶甲虫。

我放开它的时候，它便奔到开满水红、天蓝、金黄色小花的草原上撒欢，用鼻子与花儿玩耍。我轻轻唤一声：“柏拉特罗！”它便高兴地奔向我，仿佛还在笑，一副欢快的样子。

我喂它什么，它就吃什么。甜橘子、琥珀色麝香葡萄和滴有水晶蜜的无花果是它的最爱。

它像孩子一样温顺乖巧，但又如石头一般强壮结实。

星期天我骑着它从城边小巷穿过时，那些衣着整洁、正在散步的乡下人都注视着它。

“这是钢打的啊！”

它就是钢打的，而且还加了水银呢！

二　白蝴蝶

夜幕降临，世界仿佛蒙上了一层紫色的薄纱。教堂的塔尖上仍有淡紫色的光线缠绕。前去的路被阴影、花草香、歌声、倦意和思念包围着。这时，一个戴着便帽、拿着剑杖的黝黑男人，从堆放着煤袋的小破屋里走出来。柏拉特罗看到那张不时被燃着的雪茄映红的丑脸时，吓得跳起来。

“装的是什么？”

“看……白蝴蝶。”

男人想用剑杖捅小篮子，我没制止，直接把篮子打开，他什么也没看到。梦的素材原本就自由通过关卡，无须缴费。

三　黄昏的游戏

黄昏时分，柏拉特罗和我踏进了村子。我们穿过小巷紫色的阴影，一直走到干涸的小河边，冻得发抖。穷人家的孩子在做游戏，他们一个用袋子套住头，一个假装自己是瞎子，还有一个扮成跛子，假扮乞丐的样子吓唬对方。

不久，他们又扮成了别的样子，孩子总是变化无常。现在只要他们穿着衣服鞋子，吃着妈妈做的饭，即使别人并不认识自己的父母，他们也觉得自己和王子一样了不起。

“我爸爸有个银表。”

“我爸爸有匹马。”

“我爸爸有支枪。”

银表天亮就会起床，枪杀不死饥饿，马走向贫穷。

后来孩子们围成一个圈。有个小女孩在黑夜里像公主一样唱起歌来：

我是奥里伯爵的小寡妇……

柔软的声音如泉水般清澈明净。好啊！唱歌吧！做梦吧！孩子们，用不了多久，青春就来了。那个时候，春天将假扮冬天的模样吓唬你们，就像你们刚刚假扮乞丐一样。

“我们走吧，柏拉特罗。”

四　日食

我们无意中把双手插进口袋，额头迎来阴凉的阴影，如同走进茂密的松树林。鸡窝里的母鸡接连歇下了。四周暗淡的田野，犹如祭坛上紫色的帷帐。远处只有泛白的海水和几颗闪烁的星星。屋顶上的白色变幻莫测。我们在上面尽情笑着、闹着，无拘无束。人们在日食中显得越来越小，越来越暗。

我们用尽办法看太阳：有歌剧望远镜，有打猎望远镜，有酒瓶，甚至有烟熏镜。上层露台、牲口栏的台阶、阁楼的天窗、庭院的窗格子，以及那些蓝色的、橙红色的窗玻璃边都是看太阳的人。

刚才，太阳用余光把万物变成两倍、三倍、百倍那么宏伟壮观。现在，它消失了，连作为过渡的夕阳都没有了，整个世界只剩下孤单乏味，仿佛阳光把金变成了银，然后换成铜。而此时的镇子就像一枚锈了的铜币，毫无价值。顷刻间，街道、广场、钟楼，还有山上的小路，都变得渺小而凄凉！

柏拉特罗在厩栏里，似乎也变得渺小了、模糊了、陌生了，好像成了另外一匹驴子……

五　峭寒

皎洁的月光伴我们前行，月亮又大又圆！透过草地，隐隐约约看见树丛中的黑山羊。我们走过时，有人悄悄躲了起来。篱笆旁边有棵大杏树，树梢上白色的花蕾与月光呼应着，仿佛轻盈的白云，为小路挡住了三月里星星放出的寒光。橘子的清香……潮湿、幽静……女巫的山谷……

“柏拉特罗，好……冷啊！”

柏拉特罗不知是自己的原因还是感觉到了我的恐惧，竟然飞快地跑进小溪，把月光踩成了碎片。溪水犹如晶莹的玫瑰环绕着它，好像要拖住它轻快的脚步……

柏拉特罗缩紧屁股跳上斜坡，好像谁在后面追它似的。离村子近了，它便觉得温暖了许多。

六　幼儿院

柏拉特罗，若你和孩子们一起去初级班读书，你就会学习字母，学习写字。你就会像蜡像中的驴子一样聪明伶俐，然后成为美人鱼的朋友。隔着玻璃看去，她是一位头戴人造花冠的美人——周围散发着肉色、玫瑰色和金色。你会比巴洛斯的医生和神父更聪明。

你现在才四岁，就已经长得如此高大、笨拙！我不知道哪把小椅子你可以坐，哪张桌子你可以写字，什么本子和笔才够你用。告诉我，等到大家围在一起唱赞美诗时，你应该坐在哪里？

柏拉特罗，别去了！那个穿着耶稣受难时的紫色长袍，系着和卖鱼的李耳一样黄色腰带的多米提拉修女，很可能罚你在院子的角落里跪上两个小时，或者用长长的干棕枝打你，或者吃掉你的奶酪午餐。她甚至会在你尾巴下点燃一张纸，并且把你的耳朵揪得又红又肿，就像快下雨时修车匠儿子的耳朵一样。

柏拉特罗，别去了，别去了！还是跟着我吧，我能教你认识花和星星。它们不会笑话你的粗笨，不会认为你是一头驴子，也不会给你戴上普通驴子戴的帽子。船上那些驴子戴的就是那种帽子，使它们的耳朵看上去比你的大一倍呢！

七 疯子

我戴着窄边帽子，胡子拉碴，穿着丧服，骑在柏拉特罗柔软的背上，看起来一定很奇怪。

我们穿过最后一条街往葡萄园走去，阳光把白墙照得非常耀眼。一群浑身脏兮兮、头发乱糟糟的吉卜赛小孩追着我们跑。透过五颜六色的破衣服，可以看见他们绷紧的棕色肚皮。他们边追边扯着嗓子喊：

“疯子！疯子！疯子！”

映入我们眼帘的是一片绿色的田野。仰望辽阔明净的天空，我张开眼睛——耳边的噪音已经很远了！我尽情享受这片刻的宁静，接受那生长在地平线之上神圣而和谐的静谧。

远处，高高耸立的花园里，还有人尖声叫喊着，不时传来几声断断续续、隐隐约约的：

“疯——子！疯——子！”

八　犹大

“孩子，你怎么啦？过来吧……别怕，小傻瓜，他们只不过是在处决犹大而已。”

的确，他们正在处决犹大。蒙大里奥吊着一个，另一个在安密第奥街，还有一个在市政局的井边。昨晚，因为看不见刑台上绑住他们的那根绳子，他们看上去就像是被超自然的力量吊着。这些人[①]头顶老式的帽子，穿着女人的衣裳，戴着国家部长的面具，再加上一条蓬蓬裙，就这样吊在晴朗的天空下，显得很诡异。小狗对着他们狂叫，迟迟不肯离去。马匹因为顾忌，选择了绕道而行。

柏拉特罗，你听，钟声在说话。它说祭坛上的帷幕已经拉开了。火药味似乎已经传来，镇上每支枪都会对着犹大扫射。一枪，又一枪！

柏拉特罗，你知道吗？今天的犹大就是议员、是教师、是律师、是税吏、是市长，甚至是接生婆。在复活节前一天的早晨，每个人似乎都变得像孩子那样为所欲为，拿着枪向仇人发射，就在这乍暖还寒的初春。

---

①这是作者故乡的习俗，人们会在耶稣受难的最后一天制作丑陋的假人来代表着犹大，然后用枪对着它射击。

九　奉献祷告

柏拉特罗，你看见四周掉下的玫瑰了吗？蓝色的、白色的、透明的应有尽有……现在整个天空好像都是玫瑰色的。瞧，玫瑰洒满了我的额头、肩膀、双手……那么多的玫瑰，我该如何处理它们？

我不知道这些花从哪儿来，柏拉特罗，你知道吗？花儿每天装饰着大地，最开始是水红色，再是白色，然后是蓝色……玫瑰啊，那么多的玫瑰……像是那总是跪着画天的画家的一幅作品——《昼》，这位画家的名字叫弗拉·安杰利科。

这玫瑰总让人以为是从天堂的七道走廊上洒下来的。有些洒落在钟楼上、屋顶上和树枝上，像飞舞的染色雪花。柏拉特罗，快看，在它们的装饰下所有尖锐的东西都变得柔和了。玫瑰啊，更多更多的玫瑰……

柏拉特罗，当祷告的钟声响起时，生命似乎就失去了原有的力量。而另一种更高尚、更纯净、更坚贞的来自内部的力量将统治一切。它就像喷泉一样涌出，冲向天空，冲向闪烁在玫瑰中的星星。更多的玫瑰……柏拉特罗，你看不见自己望着天空的那双眼睛，其实那也是两朵很美的玫瑰。

十　墓地

柏拉特罗，假如你死在我前面，你不会像其他没人疼爱的驴子或可怜的马和狗那样，被抬上差役的板车送去湿漉漉的沼泽地扔掉的。你不会被乌鸦啄得鲜血直流，仿佛火红的夕阳下一只空无一物的船身那样，连坐六点钟班车前往胡安车站的生意人见了都感到难过。秋天星期日的下午，孩子们来到松树林烤松子吃，爬上树枝往沟边的斜坡遥望。你也不会僵硬膨胀地躺在水沟中，在蚌蛤的包围下腐烂掉，吓到那些有胆量而且有好奇心的孩子。

别担心，柏拉特罗。我会将你葬在你最喜欢的松园里的那棵圆形松树底下。在那儿，生命的静谧与愉悦会一直伴随着你。会有小男孩在你身旁打闹，小女孩把小椅子搬来坐在你旁边刺绣。你会聆听我因寂寞而创作的诗歌。你还会听见浣洗少女在橘子园中的歌声。井绳吱吱作响，会让你永久的安歇变得非常愉悦。一年到头都有梅花雀、小石雀和其他莺类小鸟，在树枝上满满的快乐中，为你织出一个小巧玲珑的音乐屋脊，放在你安静的酣睡和亘古不变的苍穹之间。

十一　刺

柏拉特罗踏上草原的时候，走起来一拐一拐的。我从它背上跳下来。

“哪里受伤了，小朋友？”

柏拉特罗把右前腿轻轻抬起，露出蹄掌让我察看，它柔弱的蹄子光秃秃地踩在路上热辣辣的沙子上。

我小心翼翼地翻过它的前脚，细细察看，很显然，这可比它的医生老连邦称职多了。有一根壮实橘子树的绿色长刺扎在蹄子肉上，仿佛一把圆形的翠玉小刀。我为柏拉特罗的疼痛难受，我把刺拔出来，然后把这可怜的小家伙带到黄鸢尾草繁茂的小溪里，让流水纯净的长舌头舔净它小小的伤口。

随后，我们继续往白色的海走去，我走在前面，它跟在后面，它还是一跛一跛的，偶尔用鼻子温柔地抵着我的肩膀。

十二　燕子

柏拉特罗，它来了，那个黑色好动的小东西，在圣女蒙德玛雅画像边上的灰色鸟巢里，这是个被人敬仰的巢。这只可怜的小鸟似乎被吓着了。我想这只不幸的燕子肯定是记错了时间，就和上星期午后日食时带着小鸡跑进鸡舍的母鸡们那样。今年春天过早地卖弄风情了。寒意阵阵袭来，它只好再次将娇嫩的身子缩进三月里的云床去。看见橘子园里含苞待放的花蕾还未来得及炫耀自己的美丽就枯萎了，人们该多么惆怅啊！

柏拉特罗，燕子已经飞来，不过却没有和往年一样听见它们喜庆的叫声。以前它们一到就会不停地寒暄、祝福，用笛声似的颤音热热闹闹地闲聊。它们会把在非洲旅行的细节告诉花朵，诉说在穿越海洋的两次旅程中，用一只翅膀当作帆停在水面上，或者是扮成船只模样；也诉说了黎明、日落以及与星星共同相伴的夜晚。

现在，它们无所适从了，不明白该做什么事情。它们无声无息地飞来飞去，好像被小孩子踏乱了行程的蚂蚁。它们没有胆量排成直线在新街上飞上飞下，随后还以一个非常美丽的花式转身结尾；它们没有胆量住进井里的巢，也没有胆量像以前那样做出邮差的姿态，栖息在被北风刮得呼呼作响的电线杆上。它们会被冻死的，柏拉特罗！

十三　马厩

中午我去看柏拉特罗时，正午的一线阳光射在它顺滑柔软的银色背上，反射出金灿灿的颜色。陈旧的屋顶上有如火的金币洒下来，落在了它腹下那块绿斑阴暗的地面上。

原先趴在柏拉特罗双腿之间的黛安娜，蹦蹦跳跳地向我跑过来，把前腿搭上我的胸口，想用它玫瑰色的舌头舔舐我的嘴巴。那只山羊爬上了马厩的顶端，用女人独有的姿势，好奇地注视着我，柔软的头一会儿转到左边，一会儿又转到右边。

还没等我进到马厩，柏拉特罗已经发出嘶鸣声和我打招呼，此时它快活兴奋得似乎要挣脱系绳。

彩虹色宝藏从天窗上射进来，我沿着这光线爬向天空，暂时远离眼下的田园风光。随后，我踩在一块石头上，朝郊野望去。

大地在金灿灿的光辉中昏昏欲睡地起伏，从那断垣残壁间的澄蓝天空中，传来了一阵令人陶醉的慵懒钟声。

十四　阉马

它是一匹黑色的马，黑色中泛着红、蓝、绿的光泽，后背像甲虫和乌鸦一样光滑顺溜。它那双有活力的眼睛常常发出耀眼的火花，仿佛在马圭斯广场卖栗子的雷孟纳的那个晶亮的锅。它从拉·佛列塞达的沙子路走来时，神采奕奕地踩着新街路面的石板，步子和钟声一样咚咚作响。它长着小巧玲珑的脑袋，四条腿健美修长，看上去非常敏捷、轻快、刚劲有力。

它高傲地穿过地窖的低矮通道口，与通道口外城堡照进来的日光一对比，它显得更加黝黑了；这日光，其实是地窖顶上令人眼花缭乱的背景。它步伐轻快，走到哪里玩到哪里。随后，它一下子兴奋地跳过用松树干做成的门槛，向绿色的畜栏飞奔过去，把鸡、鸽和麻雀惊得到处都是。有四个穿花衬衫的男人在那等它。他们把自己毛乎乎的胳膊交叉在胸前。他们领它来到一棵胡椒树下。接着是一段简短、辛苦的挣扎，刚开始很温和，随后非常粗暴。他们把它按在粪堆上，四个人都坐到了它身上。之后由达邦动手完成工作，了结了它既悲伤又难以猜测的美丽。就像莎士比亚给他朋友写下的诗句：

你不曾使用的美丽，将会与你同葬；已经使用过的，便会为你留下芬芳。[①]

①出自《莎士比亚十四行诗》中的第四首。

乖巧听话、流着汗的小马，现在已经变成了一匹大马，正悲伤而无力地躺在一边。只有一个人把它拉起，把毯子盖在它身上，带着它向街道缓缓走去。

孤零零的浮云，昨日还有刚强暴烈的闪电脾气，如今却仿佛一本掉了装订线的书本。它好像已经不再踩着大地，蹄子和石头中间，似乎塞进了新的东西，没有了活下去的理由。在这暴躁、纯洁无瑕、完好无损的春天早晨，它好像一株被连根拔起的树，或者是一段回忆。

十五　路对面的房子

柏拉特罗，路对面的那些房子，小时候看着总会让人新奇不已！最开始是堤岸街水贩阿里布拉的那所小房子，金黄色的阳光总是洒满它朝南的畜栏，我从那里爬上泥砖砌成的围墙就能看到胡尔瓦。家里人偶尔会允许我到那儿玩一会儿，阿里布拉的女儿会拿大柠檬给我吃，还会亲我。那时候我觉得她很成熟，就像她现在结了婚一样。

随后是在新街，后更名卡诺瓦街，之后又更名费力·胡安·比利斯街，那是从施维尔城来的糖果商当·荷西的房子。他有一双令我眼花缭乱的金色山羊皮靴子。他将蛋壳挂在院子里的龙舌兰上，给院前的门漆上鲜艳的黄色，中间再搭配以海蓝色的条纹。他偶尔来到我们家里，爸爸就会给他钱。当·荷西每次都会和爸爸说橄榄林子的事情……从当·荷西房子的屋顶看过去，有一株胡椒树，上面有很多的麻雀，那可爱的胡椒树，不知把我送进了多少童年的梦想里！（其实一共有两株胡椒树，我可没有弄混：其中一株从我的阳台看去，就能见到叶子在阳光里或在风中摇曳；另一株长在当·荷西的畜栏里，我可以看见它的树干。）

不管是晴朗的下午还是有雨的午后，我都喜欢从前门的栅栏上，从我的窗口或阳台上，遥望悄无声息的街道和对面的房子。每日，甚至每时都会产生微妙的变化，这是一件非常快乐、非常神奇的事情。

十六　傻小孩

我们每次从桑·荷西街走回家时，那傻小孩总是坐在自己家门口边的小凳子上盯着走来走去的行人。世上总有些不幸的孩子，他们永远不会说话也没有别的技能。他便是其中之一。他自己无忧无虑，可别人见着却感叹不已；他是母亲的全部，其他人对他却不屑一顾。

有一天，嚣张跋扈的阴风从白色的街道扫过，那小孩没有出现在他家门口。一只鸟在空无一人的门槛边唱歌。我想起库罗斯，他不仅仅是一位诗人，更是一位慈祥的父亲。他在失去自己的孩子时，向卡利西安的蝴蝶打探孩子的音讯：

“长金翅膀的蝴蝶……”

如今春天到了，我想起那个傻小孩，他从桑·荷西街去了天堂。他现在肯定正坐在玫瑰边的小椅子上，重新张开他的眼睛，注视着天堂里光彩夺目的人们。

十七　鬼怪

安妮拉最爱把自己打扮成鬼怪的模样，她活泼、有朝气的青春就是其源源不断的欢乐之源。她用床单裹住整个身子，用面粉把脸蛋抹得发白，牙齿则粘着大蒜和丁香。晚饭过后，我们在小客厅里打瞌睡时，她就一下子出现在大理石的台阶上，手里提着灯缓缓走过来，虽然悄无声息却令人害怕。打扮成这般模样，看上去似乎她的身体变成了一件外套。黑漆漆的夜里看见这样阴森的情景，让人惊恐万分；不过看着她浑身雪白而丰满的样子，也会觉得非常迷人。

我一辈子也忘不了那个九月的夜晚，柏拉特罗。暴风雨席卷了小镇，整整一个小时，仿佛一颗剧烈跳动的心脏。电闪、雷鸣从未间断，同时伴随着哗啦啦的大雨。水窖里的水已经溢出来了，院子也被淹没了。九点钟的班车、呼唤亡灵的钟声、邮差……这些一直跟我在一起的、我较熟悉的事物到最后都离我而去了。我浑身颤抖地跑去饭厅找东西喝，一道白中带青的闪电划过，我看见了维南拉的斯的桉树——我们把它叫作妖人树，就在那天的晚上倒下——折断了，斜躺在畜棚顶上。

突然“轰”的一声，仿佛一道令人瞎眼的光线，震动了整个屋子。当我们知道自己回到了现实世界时，每个人站的位置都发生了变化，大家似乎都是孤零零的一个人，并不为身边的人着急。有人喊着头痛，有人喊着眼睛不舒服，还有人说心脏难受。慢慢地，我们又回到了原来的位置。

暴风雨缓缓地离开了。大朵的云块充斥在天地间，月光洒下，院子堆积的雨水在月光下闪闪发亮。我们一齐注视着月亮。“爵爷”在畜棚的台阶上面跑来跑去，发疯似的狂叫着。我们便跟上它，柏拉特罗。从夜里盛开的花朵旁走下去，沾了湿气的花正散发出一阵难闻的气味——不幸的安妮拉，还扮着鬼怪的模样，倒在那里，没了生气。她提着的灯笼还抓在被雷劈黑了的手里，独自燃烧。

十八　橙红的风景

落日就在山顶上，被自己如刀刃一样的光芒弄得伤痕累累，全身都在流血。小松林在落日的余晖中显得更加醒目了，渐渐变成了暗红色；娇小的花草像火焰一样熊熊燃烧着，给这宁静的片刻增添了浓烈、灿烂的潮湿香味。

我欣喜不已，在夕阳前面停了下来。柏拉特罗的黑眼珠闪着夕阳的橙红色，乖巧地朝一潭泛着紫红、玫瑰红、紫罗兰色的池水走去；它把嘴巴慢慢地伸进水镜中，镜面在被嘴巴接触到的刹那间变成了液体；随后，仿佛如血的水，浩浩荡荡地奔跑着进入它的喉管。

这个地方原来并不陌生，不过时间使它变了模样，变成了一种奇怪的、具有先兆性和纪念性的样子。好像无论哪个时刻我们都可以发现一座废弃的宫殿……黄昏已经延伸到夜晚，和永恒的时光联结，超越了任何声响……

“我们走吧，柏拉特罗。”

十九　鹦鹉

有一天，在法国一位当医生的朋友的果园中，我们正在逗柏拉特罗和鹦鹉玩。从山坡上急急忙忙走来一个散着头发的年轻女人，离我很远时就摆出一副可怜的样子，哀求着问我：

“先生，请问医生去哪里了？”

在她的身后，有几个浑身脏兮兮的孩子，不停地喘气，频频望着来时的路；最后，几个男人扶着个脸色苍白的跛腿男人走了过来。他是一个盗猎者，曾在野生动物保护区打过鹿。

他的鸟枪样子可笑、陈旧——全身都用大提琴的铜线绑着。枪突然走火了，子弹便射进了猎人的胳膊。

我朋友温柔地走近伤者，解开遮住他伤口的破布，清理好污血，细心地捏捏他的筋骨，不时对我说：

“不要紧的。”

天色渐渐暗下来，由胡尔瓦飘来一股混着咸水、鱼腥和沥青的味道……橙树翠绿色的天鹅绒叶子，在玫瑰红的落日余晖中尽显风采。在一片紫色与绿色重叠的紫丁香林里，那只红绿相间的鹦鹉来回走着，用它圆溜溜的小眼睛好奇地望着。

不幸的猎人，眼里含着泪水，不时把到了嘴边的疼痛咽回去。鹦鹉说：

“不要紧的。”

朋友找来棉花和绷带给伤者包扎。

那倒霉的汉子喊道：“哎呀！”

在紫丁香林中的鹦鹉说：

“不要紧的，不要紧的。”

二十　归来

我们从林子归来，收获颇丰。柏拉特罗驮着香薄荷，我则拿着黄鸢尾。

四月的夕阳即将消失。黄昏里曾经是金水晶的，此刻都变成了银水晶的，犹如水晶和百合一样光滑灿烂。不一会儿，无垠的天空由一块晶莹剔透的蓝宝石变成了一块翠绿的珍玉。我怀着伤感的心情回来。

在这片刻纯净的庄严里，小镇的钟塔顶上闪着耀眼的瓦冠。我们走近看时，它仿佛一座纪念碑；再走近一些看，它犹如远远看去的施维尔城大教堂钟楼。我对城市的念想，总是在春季里最热烈，望着钟塔，忧愁便找到了慰藉。

回去吧……回到哪里？由哪里起程？为了什么事情？……夜色渐浓，手里的鸢尾花香在温和舒适的环境里越发浓烈；此刻，虽然花的芳香越来越强烈，却渐渐地朦胧起来，香味源自花蕊。当花朵在夜色里认不出时，花香从孤零零的阴影里飘出，令人身心都为之陶醉。

“阴影里的鸢尾就是我的灵魂！”我说。

突然，我发觉：虽然坐在柏拉特罗的背上，但我却忘了它的存在。

二十一　屋顶的阳台

你一次也没有到过那平坦的屋顶阳台，柏拉特罗。你理解不了从黑乎乎的木质楼梯走出来的感觉——深呼吸的气体几乎都把胸腔填满了。炙热的阳光烤着自己的身体，整个人都被湛蓝的天空包围着，眼睛都让涂满石灰白的砖地照瞎了；你明白的，给砖地涂上石灰，是让雨水在流进储水池时变得干净。

在阳台上心情如此舒畅。塔上的钟声从我们的胸膛里响起来，仿佛位置就挨着怦怦跳动的心脏。远远望去，葡萄园里闪着金银色光芒的锄头。站在这里，能看见所有的东西：别的屋顶阳台，别的畜栏，人们正在埋头苦干——忙着造椅子的、刷漆的、制桶的；在一个长着繁茂枝叶的大畜栏里，有一只牛或是一只羊；墓地里，偶尔有黑色的送葬队伍急急忙忙走过，队伍中人数很少，看不见他们的样子；某个窗口，有身穿衬裙的女孩慢慢地梳头，嘴里还哼着没调的歌曲；河流中，有只船仿佛一直驶不进港口；谷仓，有一个喇叭号手在练习他的孤独奏曲，那是惨烈的爱情——单刀直入地、毫无根据地、无法理解地——最后宣布已经把它占领。

脚下的房子消失不见了，似乎它原先仅仅是一个地下室。透过天窗玻璃向下看，平日的生活多么神奇：说话声，噪音，以及花园；从阳台上看那花园真的非常美；柏拉特罗，你一会儿去水槽喝水，一会儿又去和麻雀或斑鸠玩耍，并没有发现我。

二十二　当·荷西，乡村教士

柏拉特罗，你看，他正骑着驴子走过，装出一副虔诚圣洁的样子，满嘴的甜言蜜语。然而真正和天使一样纯洁的，是他的那头母驴，它才是一位率真的女士。

我相信那天你在果园里见过他的模样。他穿着水手裤，头上戴着宽边帽子，朝那些偷橘子的孩子扔石头，还骂个不停。每个星期五，你都能看见他的仆人——那位不幸的巴尔达沙困难重重地走在路上，他得了和马戏团皮球一样大的疝气，他要去小镇上把破烂的扫帚卖掉，或是和那些穷人一道为死去的富人做祷告。

我一直没有听说谁使用粗话或者咒语朝上天呼喊过。他清楚天堂在哪里，甚至知道天堂的东西是如何安置的。关于这点，大家没有质疑，毕竟他在五点钟那场弥撒上就是这样描述的。树木、土地、水、风、火……所有的一切，都充满了恩惠与慈祥，清新与柔和，明净与活泼，如此生机盎然，可到了他嘴边，这一切好像仅仅是混乱不堪，凶残、愚昧、恶毒和颓废。每天即将结束时，他果园里的每一块石头都不在原处，全部被他用去扔小鸟、洗衣妇女、小孩子和花朵了。

要是在祷告时间，他一切就全部改变了，甚至在寂静的田野里都能听见当·荷西的庄严肃穆。他把教袍、斗篷和宽边的教帽都穿戴好，目不斜视地朝黑暗中的小镇走去，他坐在缓慢前行的驴子背上，速度几乎和救世主耶稣受死时一样慢。

二十三　春天

啊，如此美丽，如此芳香！

啊，草原笑得如此灿烂！

啊，清早的乐曲如此动人！

——通俗民歌

有一天清晨，我还在睡梦中，一群孩子就吵闹个不停。吵到最后我几乎睡不了，便生气地跳下床来。我从窗口向外望去，原来是鸟雀在喧闹。

我从果园中走出来，谢谢上天赐予这湛蓝的一天。数不清的歌喉尽情地唱出美妙的乐曲！燕子来回啼叫，凭借高超的飞翔本领旋入水井深处；山鸟对着掉落的橘子吹口哨；火亮亮的黄鸟在橡树间不停地饶舌；白鸟在桉树的树梢上尖声地笑着；麻雀们则在大松树上争吵不断。

如此美妙的一个早晨啊！太阳把如金似银的欢声笑语洒向大地；五颜六色的蝴蝶飞来飞去：花丛间，房里屋外，喷泉边都有它们的身影。大地似乎在绽开，一个健康的新生命即将诞生。

我们犹如置身于一个巨大的蜂房中，在一朵庞大的火玫瑰的中心。

二十四　储水池

你看，柏拉特罗，前一次下的雨已经填满储水池。它听不见回音，也看不见深处里反射出的阳光，就像水位降低时反射的阳光那样——阳光从蓝色黄色的玻璃后面照下来，仿佛五彩缤纷的宝石。

你没有去过储水池深处，柏拉特罗。我已经去过了，在许多年之前，他们清扫水池时我去过一次。你看，从一条长走廊走到一个小房间。当我走进那小房间时，手里举着的蜡烛熄灭了，只剩一条火芯留在手里。两股恐怖的冷气交错在我的胸前，像两柄长剑在撞击，又像膝盖下交叉的骨头……柏拉特罗，整个小镇底下都是储水池和甬道。最大的储水池在古堡卫城广场的狼跃园。最好的就是我家这个，你都看到了，井栏是用同一块大理石的材料筑成的。教堂的储水池甬道一直延伸到罗斯·宾达尔斯的葡萄园，出口光秃秃地露在田野上。还没有谁敢沿着医院的储水池甬道走过，因为怎么走也不会走到它的尽头。

我记得童年时下雨的长夜里，雨水从屋顶蜿蜒地流进储水池，水的哽咽声总是令我睡不着。次日清早，我们兴高采烈地跑去看水涨高了多少。只要涨到和今天一样的高度，我们就会非常吃惊、非常高兴，觉得不可思议。

好的，柏拉特罗！现在我便让你喝上一桶这清凉、纯净的水。

就像维耶卡斯一口就可以喝完的那桶一样。不幸的维耶卡斯整个身子已经被过多的干邑酒和白兰地酒烧坏了。

二十五 癞狗

它有时会去果园里的小屋里，瘦骨嶙峋的，还不停地喘气。这个不幸的动物对于人们的恐吓、丢石头早就习以为常，总是东躲西藏的。有时候别的狗也对着它狂叫。它每次都会在正午的阳光下离开，慢慢地、惆怅地走下山坡。

一天下午，它随黛安娜走上来。警卫员立刻愤怒了，举起猎枪便射，当我跑出来时，枪已经响了，我根本来不及制止。不幸的狗被打了一枪，摇晃着挣扎了好一会儿，随后惨叫一声倒在一株金合欢树下。

柏拉特罗把头伸得直直的，盯着死去的狗。黛安娜在我们之间走来走去，看来它被吓得不轻。警卫员可能懊悔当初的做法，看到人就要解释一番，不过态度却越来越激动了，想借此消除心中的愧疚，但是没有起到任何效果。太阳似乎被一层面纱遮住了，好像是在哀悼。一会儿是大的面纱，一会儿又变成了小的面纱，仿佛是遮在惨遭杀害的狗那双美丽眼睛上的薄膜。此刻是午睡时间，安静得有些沉重，笼罩着金黄色的原野和死去的狗，海风把棱树吹得非常低，悲愤地哭泣着。

二十六　四月村景

孩子们和柏拉特罗一同去了黑杨树旁的小溪边，现在正领着载满黄花的它，一路欢声笑语地往回跑。刚才一阵小雨把他们淋湿了，那流云仿佛金线银线一样遮住了绿色的田野。在这小傻驴淋透了的背上，湿漉漉的黄花还在滴水。

高兴、舒适、热情洋溢的村景啊！载着那浸满了甜蜜雨水的黄花，连柏拉特罗的叫声也温柔了许多。它偶尔把头转回去，拽一些花朵来吃。那些雪白、金黄的铃花先是在它白中带绿的口水里逗留了一会儿，随后就被吞进绑着马肚带的肚子。柏拉特罗，只有你，可以吃掉花朵还安然无恙。

四月捉摸不定的下午……柏拉特罗透明纯净的双眼映照出一幅有阳光、有雨水的景色。在西边田野那头，看见几缕雨丝从另一朵彤云上降下来。

二十七　金丝雀逃了

有一天，不知道那只绿金丝雀为什么飞出了它的笼子，同时我也不清楚它是如何飞出来的。那是只老金丝雀了，是一位离世朋友留下来的纪念物，看着会令人悲伤。我一直留着它是因为担心它可能饿死、冻死，或是被猫儿逮住。

整整一个早上，它就在果园里的石榴树间，在门边的松林上，在紫丁香花丛中飞来飞去。孩子们也整整一个早上在阳台坐着，被这只游荡的鸟儿迷得团团转。柏拉特罗没有系着绳子，此时正和一只蝴蝶在玫瑰花旁悠闲自在地嬉闹。

下午的时候，金丝雀飞到了大房子的屋顶上停留了好长时间，在温暖却渐弱的阳光里发抖。突然，它飞回到了笼子里，和原来一样高兴，谁也不知道它是如何飞回去的，也不清楚原因是什么。

花园里响起一阵热烈的欢呼声！孩子们蹦蹦跳跳的，鼓着掌，红彤彤的笑脸仿佛破晓的太阳；黛安娜与他们一起奔跑，冲着自己的小铃铛不停地叫；柏拉特罗也被这愉悦的氛围感染了，扭动着灰色的小身体，像山羊一样跳上跳下的，旋转蹄子，跳出了最原始的华尔兹舞步，随后以前脚站立，后脚伸向明媚温暖的天空。

二十八　鬼魅

突然，有头驴子出现在镇边的城墙周围，踩着孤零零、艰难的步伐跑来，在扬起的尘埃里，它看起来更加黝黑。不一会儿，一群孩子喘着粗气跑出来，一手拉着破旧的裤子，露出黝黑的肚皮，另一只手用捡起的葡萄枝和石头扔向驴子……

它个头非常大，又老又黑的，还瘦骨嶙峋。那赤裸裸的皮肤似乎任何地方都可能裂开一样。它停了下来，露出满嘴黄牙，朝着天空恶毒地嘶鸣，所用的力气和它的年龄并不相符……它是一头迷路的驴子？你可认识它，柏拉特罗？你觉得它会怎么办呢？它踩着如此凌乱的步子，难道是逃出来的？

柏拉特罗见到它，先竖起两只耳朵，好似两把号角，随后竖起一只，另一只耷拉着；它朝我走来，同时又想躲进沟里跑掉。那只黑驴紧挨着它，从身边走过，用力扯它的鞍，闻它，朝着修道院的围墙大叫，接着往城墙外围跑去。

在这炙热的天气里，此时此刻却使人感到浑身冷飕飕的，不清楚担心的是柏拉特罗还是我自己——所有的事情都异常混乱，犹如一块放在太阳前面的黑布，它矮小的阴影，一下子盖住小巷转弯处夺目的孤寂，令空气瞬间进入死一般的寂静，让人难以呼吸。慢慢地，远方的事物一点一点地将我们拉回真实的世界。街道上，能听见从鱼市场传来的一直没有变化的吆喝叫卖声，鱼贩们刚从海边归来，正在叫卖他们捉到的鲻鱼、比目鱼、鲤鱼、鲱鱼、龙虾；教堂响起的钟声宣告早晨的祷告开始了，同时还听见了磨刀的沙沙声……

柏拉特罗时不时地看我一眼，还在颤抖，就这样没有理由地担惊受怕，我们相对无言……

“柏拉特罗，我觉得那应该不是一头真正的驴子……”

柏拉特罗再次颤抖了，甚至全身的骨骼都微微作响，害怕地朝水沟瞥出一眼，是那么哀愁、忧郁。

二十九　自由

我的眼神在小路边游离着，突然一只漂亮的小鸟吸引了我，它不停地拍打着彩色的翅膀，在潮湿的绿地上忽飞忽停的。我们缓缓接近它，我走在前面，柏拉特罗跟在后面。附近的树荫下有一个饮水池，淘气的孩子们在那安放了一个鸟网。哀伤的小鸟拼命地拍打着翅膀，呼唤着天空中的伙伴。

早晨清静而明媚，天蓝得透亮。附近的松树林里传来一阵愉快的轻音乐，这是鸟儿婉转的鸣叫声，时而远时而近的，却一直能听见。柔和的金色海风吹在树梢上，沙沙作响……可怜纯洁的音乐，竟然离邪恶的心灵如此接近!

我骑着柏拉特罗，夹紧双腿，催它快点跑上小松树林。马上就要到达树荫遮住的圆屋顶时，我开始拍掌、又唱又叫。柏拉特罗感受到了我浓烈的热情，也不停地大声嘶鸣起来，锐利并且嘹亮的回音不绝于耳，仿佛响声来自一口大井的井底。鸟儿都飞了出来，唱着歌飞向另一个小松林里。

在离我们不是很远的地方，气愤的孩子们在辱骂，柏拉特罗用毛茸茸的大脑袋蹭着我的胸膛，表达它的感谢，弄得我胸口生疼。

三十　所爱的

清凉的海风吹过红土坡，扫过山顶最高处的田野。娇柔的白花笑声阵阵。我们在没有清扫的矮松林里玩耍，让蓝色、蔷薇色、金色的蜘蛛网荡来荡去。整整一个下午海风都在吹。阳光和清风非常轻柔地慰藉人的心灵！

柏拉特罗快乐地、温顺地、笃定地驮着我，仿佛我的重量消失了一样。我们走上坡就像走下坡那样轻松自如。远远望去，松树林像一条颜色模糊的丝带闪闪摇动，犹如海中孤岛。山脚下的青草上有跳来跳去的驴子，从一株灌木跳到另一株灌木。

宛如春天的悸动从峡谷上空飘浮而过。突然，柏拉特罗竖起双耳，凸出的鼻孔一下子张开，露出了和豆子一样的黄牙。它对着周围的风深深地吸进一口，把一种神奇、深沉的味道吞进心里。确实，就在另一座山的两旁，有一匹美丽的灰色驴子正在蓝天下跳跃，那便是它所爱的。两重嘶鸣，悠远嘹亮，用小号的声音震破此时明媚的时光，随后像一对双生瀑布倾泻而下。

我要控制住可怜的柏拉特罗本能的温柔。它的可爱甜心在田野里，心中一样充满惆怅，目光追随柏拉特罗走过的步伐——柏拉特罗黑溜溜的大眼睛映出这些情景。它徒然发出神秘的呼叫，粗鲁地从雏菊中穿过。

柏拉特罗走得非常勉强，不停地把头转过来，用细碎的步伐表达着它的不满：

“非常不公平，非常不公平，非常不公平……”

三十一　三个老妇

“到岸边来吧，柏拉特罗。来吧，先让那三位可怜的老太太过去。”

她们可能来自海滩，不然就是来自山上。她们中间有一个是瞎子，另外两个人扶着她走路。她们可能要去医院，不然就是去找当·路易医生。你看看，她们走得那么慢，眼睛好的两人走起路来战战兢兢的，好像三个人都比较怕死。你看见没有，柏拉特罗，她们把双手伸出来，做着奇怪的动作，仿佛要把面前的空气推开，绕过假想的障碍物，连最柔软细小的花枝也会躲开。

小心一点，孩子，不然你就摔倒了。你听一听，她们说的话好刺耳。她们的家乡在吉卜赛。你看看，她们穿着漂亮的花衣服，上面洒满了圆点，衣角还镶着荷叶边。看见了吗？她们没有戴围巾，魁梧柔软的身体，就算上了年纪也不弯曲。虽然肤色发黑、身体肮脏还有汗臭，她们看上去依旧有种粗犷模糊的美丽，犹如一段粗糙、干巴巴的回忆，消逝在正午的尘土和阳光里。

柏拉特罗，你看看她们三个。她们用坚强的信心点燃了晚年的珍贵时光。春天的暖意四处弥漫，黄蓟花在热辣辣的阳光里幸福地摇摆。

三十二　小板车

大雨让宽阔的小溪流一直涨到了葡萄田。我们在小溪旁看见了一辆陈旧的板车，它满载着青草和橘子陷在泥浆里，不能动弹。有一个浑身脏兮兮、穿着破烂衣服的小女孩在车轮边哭泣，使出所有力气去帮驴子拉车。那头驴子，噢！它比柏拉特罗还小、还瘦。小女孩一边哭一边使唤驴子，那小驴子用尽全部气力，和大风抵抗着，想拉出泥浆里的板车，可是这一切都是徒劳。她的行动和许多充满勇气的孩子一样，没多大用处，仿佛夏天有气无力的清风，消失在花丛里。

我轻轻地拍一拍柏拉特罗，给它装好马具，套上板车，让它站在那头瘦小的驴子前边。随后，我温柔地命它前进，给它加油；柏拉特罗用力一拉，便把驴子和车一起拖离泥浆，来到岸上。

小女孩还挂着泪珠的小脏脸绽放出美丽的笑容！犹如夕阳碎成滴滴黄水晶，等它落入雨云中时，瞬间被黎明的曙光照亮。

她在满含泪水的喜悦里，把两个精心挑选的橘子送给我。我怀着感激之情接下，把其中一个给了那头可怜的小驴，当作甜蜜的慰藉，另一个给了柏拉特罗，当作金色的奖励。

三十三　面包

柏拉特罗，我曾经跟你说，酒是莫格尔的灵魂，是吗？不是的，面包才是莫格尔的灵魂。莫格尔宛如一个小麦面包，里面白白的像松软的面包心，外面是金黄色的——金褐色的太阳——仿佛软绵绵的面包皮。

午间太阳最热时，小镇上就飘浮着松树和热面包浓浓的香气。整个小镇都张着嘴，仿佛在吃一个大面包。面包可以搭配所有的东西：橄榄油、番茄冷汤，奶酪和葡萄。面包皮可以搭配葡萄酒、肉汤、咸肉，就连它自己本身就是一种美味的食品。它也是寂寞的，犹如希望，或者是加进一些幻想……

送面包的男子骑着马，走到人家半掩的门前停下，拍拍手掌，叫一声："面包到了！"当四分之一磅面包碰上小圆面包，或是放进光秃秃手臂上的篮子中，大面包碰到螺旋面包时，人们就能听见清脆的铃声。

这个时刻，穷人家的孩子们有的去按门铃，有的去叩大门，朝着屋里的人不停地哀求：

"送我们一些面包吧！"

三十四　拉·戈伦拿上一株松

不管停在哪个地方，柏拉特罗，我感觉都是停在拉·戈伦拿的松树下。不管面对哪种情形——都市、情爱或者荣誉——我都感觉抵达了蓝天白云下它绿色、繁茂的冠顶。它在莫格尔的水手看来，就是暴风雨来临时的灯塔。在我艰难痛苦的时光里，它就是一个高处的避难所，它就屹立在蜿蜒粗犷的红土坡上，要饭的人就是从那里走去桑·路卡的。

只要我想念这棵松树时，便有一股强大的力量油然而生。它是唯一没有因为我长大而停止变大的东西。当看见人们锯下让飓风吹断的树枝时，我觉得似乎我的肉也被挖去了一块；有时候，我莫名地疼痛难忍，仿佛拉·戈伦拿上的松树也有同样的痛感一样。

“伟大”这个词语用来形容它，就像用来形容大海、蓝天，或我的心灵一样合适。一个又一个世纪以来，不同民族的人民在它的树荫下休息，望着天上的白云，就像在海上或者在我心里想念的一样。有时候我的心绪飘荡，随意无形的形象经常浮现。有时候心里想着确定的形象，另一些不重要的形象却总是浮现，不过拉·戈伦拿上的松树却一直是一个神奇、永恒的景象。在我心绪飘荡的时候，它看着比其他时刻更巨大。它喃喃低语，叫我回到它的平静中休息，仿佛我生命旅途上真正的、最终的目的地一样。

三十五　达邦

达邦是柏拉特罗的医生，他跟一头牛一样庞大，和西瓜一样红润。他有三百磅那么重。至于年龄，他说自己有六十岁了。

他讲话时，仿佛丢失音符的陈旧钢琴。有时候，他嘴里出来的不是话语，而是喷出的空气。他结结巴巴的，同时还做出一些小动作。比如摇头晃脑，大幅度地挥舞双手，发抖，清清嗓子，对着手帕吐痰等。能做的动作都做了，像一场晚饭前赏心悦目的音乐会。

他所有的牙齿都掉光了，除了面包屑几乎什么也吃不了。他先把面包放在手里团成小球状，随后扔进嘴里吃下去。有时候他放进嘴里并不咽下，而是在嘴里转来转去。吃完后又一个球一个球地团着吃。在他用牙龈嚼面包时，胡子就会高高翘起，直够到他的鹰钩鼻。

我说了，他和一头牛那般巨大无比。他站在打铁匠的门口，能堵住整间房子。不过他对待柏拉特罗，却像对孩子一样温柔。每当他看见花儿或小鸟，便会突然发笑，嘴巴张得很大，并久笑不止，直到笑出了眼泪。之后回归平静，朝老旧的墓地看去，自言自语道：

“我的小女儿，我不幸的小女儿啊……”

三十六　小孩与水

太阳把满是灰尘的大畜棚烤焦了，不管脚步走得多么小心翼翼，细细的白沙都会扬起来，一直飘到人的眼睛里。一个小孩和一泉清水，彼此凭借直白的内心愉悦地交融。即使一棵树也没长，可一到那里，人们心中便只剩一个词：绿洲！这金亮亮的两个字，来自人眼反映的蓝色天空。

清晨已经热得和午睡时间一样，桑·弗朗西斯哥畜棚的橄榄树上夏蝉不停地穿梭。炙热的阳光烤着小孩的脑袋，他仿佛没有一点感觉，全神贯注地看着泉水，似乎他已经泡在水里了。他趴在地上，一只手伸进川流不息的溪水中，掌心就出现一座抖动的宫殿，清爽优美，他黑色的眼珠溢满了快乐。他自说自话地深深吸了口气，另一只手在他的破衣服上不停地挠。水晶宫殿一直都是那一座，可却不断出现新花样，有时变得不可控制。随后小孩聚精会神，陷入了忘我的境界，沉浸在自己的思绪里，如此，他最开始从水中抓住的那座水晶宫的形状，尽管有脉搏的律动，也改变不了那敏锐的万花筒形象。

柏拉特罗，我不能确定，你能否理解我说的这一切，不过那孩子的手里，捧的是我的灵魂。

三十七　友谊

我们相互之间非常了解。我由着它去爱去的地方，它也总能载我去我喜欢去的地方。

柏拉特罗清楚，我每一次到达拉·戈伦拿那株松树下时，都爱轻轻抚摸它，透过它巨大疏朗的圆顶仰望天空。它清楚我热爱那条可以通往古溪的绿色小路，也清楚我觉得从长满松树的小山上俯视河水，眺望美丽的景色，是多么的心旷神怡。我本来可以闭上眼睛安心地在它的背上小睡一下，但我却睁着眼睛，只为看看这些称心如意的景色。

我待柏拉特罗犹如孩子。要是山路坎坷，我的重量令它负担过重时，我就会下来，让它轻松一些。我亲吻它，逗它，刺激它。它却清楚我是很爱它的，对我总是毫无怨言。它很像我，我甚至觉得，它和我做着同样的梦。

柏拉特罗犹如一位热情洋溢的女子，心甘情愿地为我奉献自己的所有。没有任何不满。我清楚我便是它幸福的归属。它甚至为了我而躲开别的驴子和人。

三十八　摇篮曲

卖木炭的小女孩长得非常美丽，然而却脏兮兮的像枚铜板一样。她黑溜溜的双眼熠熠生辉，闭紧的嘴唇在煤灰间越发鲜红。她在茅屋门前的瓦片上坐着，哄她的小弟弟入睡。

五月的天气，仿佛太阳的中心那样炙热、绚烂。在明亮的寂静里，能听见陶锅在田野里沸腾的煮食声，草场上牲口的鸣叫，还有桉树丛里海风的愉悦。

小女孩甜蜜地唱着：

“我的好宝宝睡吧，
为了那放羊的女孩……
我的宝宝睡着了，
哄他入睡的人，也睡着了……”

海风吹来……柏拉特罗在闷热的松树林里慢慢走着，渐渐走近了。随后它在黑色土地上躺下，伴着悠长的摇篮曲，像孩子一样入睡了。

三十九　肺病者

苍白冷清的病房中间，她直挺挺地坐在被丢弃的椅子上，脸色苍白，没有一点光泽，仿佛一棵白而无光的枯败的甘松。

“才走到桥边，”她跟我说，“你看看，老先生，就一小段路而已，我就喘不过气了。”

她如孩子般柔弱、断断续续的声音，就像夏天的清风一样疲倦。

我把柏拉特罗给她，让她骑着去外面透透气。当她骑在它上面时，脸上满是快乐，她那张消瘦垂危的脸笑得只剩黑眼珠和白牙齿。

妇女们站在门口，看着我们路过。柏拉特罗缓缓地走着，似乎明白它背的是一朵容易破碎的玻璃百合。小女孩在兴奋和愉悦中脸色变好了许多，再加上一身纯白的衣服，她看起来像一位经过小镇的天使，朝南边走去。

四十 朝圣罗西奥

“柏拉特罗，”我对小毛驴说，“我们到外面等板车队吧！他们能带来远方树林的呢喃低语，拉斯·安妮玛斯松林的神秘，拉斯·马达拉斯和两个法郎诺斯的清爽气息，罗西拿的芬芳……”

我带着精神抖擞的柏拉特罗出来，满面荣光的它可以讨得女孩们的欢心。我们从卡尔·的拉·甫安特街穿过，逐渐西下的残阳，给整条街刷白的屋檐戴上了一条玫瑰色的丝带。随后我们来到洛·荷尔诺斯有围墙的田地，在那儿能瞧见去洛·兰诺斯的道路。

板车队早就上了斜坡。细雨从一朵调皮的紫云中降到绿色的葡萄园里。这在罗西奥是常见的情景，人们已经司空见惯。

一对年轻夫妇出现在队伍的最前面，他们骑在挂满摩尔式饰物的驴子和马匹身上。男人们欢欣鼓舞，女人们神清气爽。这些五彩缤纷、美丽活泼的人们走过去了又掉过头来，你争我抢，很快就打乱了队伍的秩序。随后是一辆满载醉鬼的板车，暴躁、无礼、吵闹不停。板车后面是挂着白幔的花轿子，青春美丽、皮肤黝黑少女在华盖下坐着拍打摇鼓，细声地高唱施维尔的歌曲。越来越多的马匹，越来越多的驴子……带队的大声喊道：

“罗西奥的圣女万岁！万万——岁！”

他满头灰发，人很瘦但脸色红润，背后挂着一顶宽边帽子，金灿灿的权杖插在马镫里。高贵纯洁的圣女登场了。她身着浅银淡紫，在铺满了鲜花的轮翼上端坐着，两头庞大的黑牛和白牛拉着她缓缓上前。两头牛上挂着五颜六色的装饰着意大利金币的头巾，和主教的装扮一模一样。圣女坐的轮翼，仿佛一座繁花盛开的花园。

此刻能听见音乐了，音乐不时被铃铛声、爆竹声、铁蹄踩住石头的巨大声响淹没。

柏拉特罗把它的前腿弯曲着，轻轻跪下，如妇女般谦卑和恭敬。

四十一　隆沙尔

我把柏拉特罗的缰绳解开，让它在干净的嫩菊丛里吃草。我在一棵松树下躺着，从摩尔式的鞍囊里拿出一本小巧的书，打开放有书签的那页，高声地诵读：

仿佛人们从枝条上见到的，五月里，
玫瑰花，
用她艳丽的青春，用她第一朵花儿，
让天空羡慕……

在最高的树枝上面，有一只玲珑的小鸟不停地跳着、唱着，太阳把它和翠绿的树梢都照成了金色。只见它在树梢上不停地飞来飞去，啼叫着，还能听见它啄破果仁的声响，那是小鸟在品尝午餐。

羡慕她艳丽的色彩……

一个庞大暖和的物体从我肩膀移过去，仿佛一条有生命的船头……想都不用想，一定是柏拉特罗，它应该是被《奥菲望斯之歌》吸引了，过来和我一起读。我们便一起读道：

那个流满她眼泪的破晓时分，那天的这个时候，曾经……

然而那小鸟肯定吃得太快了，唱出不和谐的歌曲，盖住了我要读下去的诗词。

隆沙尔肯定在地狱里大笑着。

四十二　幻灯片老头

突然，一阵急促的擂鼓声打破了宁静的街道。随后响起一声悠远沙哑的喊叫。接着便听到孩子们争相向街上奔跑的脚步声，他们大声喊着：

“放幻灯片的老头来镇上了，幻灯片！幻灯片！”

街角的椅子上，绿色的盒子早就放好，上面插着四面粉红色的小旗子，透镜口对准了阳光。老头用力擂鼓，一群穷孩子站在盒子边没有出声，他们的手放在口袋，或者背在后面。没多久，有个小孩手里攥着一个铜钱跑来，他把钱递给老头，眼睛对着透镜口。

“此时……你能见到……柏廉将军……正骑在他的白马上。”从外地来的老头疲惫地说，同时还擂着鼓。

“巴塞罗那的港口！”鼓擂得更响了。别的小孩陆陆续续地来到这里，把铜钱放在老头的掌心，聚精会神地等着去买他的幻想。老头说：

“此时你能见到夏湾拿的城堡！”他又擂起了鼓。

柏拉特罗，小女孩以及从对面跑来的狗，都想看幻灯片，它把大头挤进这群孩子中间看看热闹。老头对它幽默地说：

“把你的铜钱拿出来！”

手里没钱的孩子都笑了起来，用羡慕、谦卑、渴望的目光盯着老头。

四十三　路边花

柏拉特罗，这朵路旁的小花好纯净，好漂亮！各种各样的东西经过它的身边——有牛、有羊、有马、有人——而它，总是非常温柔，非常纤娇，一直挺立在那块脏兮兮的土地上，绽放它淡紫色的娇嫩花瓣，没有被一丝不纯净的东西污染。

每次我们穿过这条便道爬上斜坡时，都能见到绿地上的它。此刻，有一只小鸟出现在它旁边，我们走近了就往上飞——这是为什么？此刻那朵小花仿佛是一只不大的杯子，夏天的云彩给它灌上了满满的清水，此刻它允许一只蜜蜂来盗窃，或者答应一只蝴蝶来为它装饰。

柏拉特罗，这朵花只能在世间几日，然而记忆里它却是永远开放的。它的生命就像你我春日里的一天。柏拉特罗，如果能换来这朵奇妙的花儿，当作每天平静生活的模范，我愿意给秋天任何的东西。

四十四　“爵爷”

柏拉特罗，我不清楚你能否看懂照片。有一次，我让几个乡下人看照片，可他们没有看到什么。好吧，我就跟你说实话吧，那是“爵爷”。柏拉特罗，就是我偶尔和你说过的那只小狐狸。你看看——看到了吗？在大理石院子的天竺葵花盆丛中，正在垫子上享受冬日暖阳的就是它。

不幸的“爵爷”。它的家乡在施维尔，那时候我还在那里绘画。它身体洁白，在亮光里简直看不见它的颜色，圆润得仿佛女人的大腿，同时和水龙头喷出的水一样灵敏快速。它的毛发印着几处黑影，犹如落在上面停歇的蝴蝶。它的眼睛闪闪发光，仿佛两个满含尊贵情感的音符。它透着一种灵气。有时候，它会没有来由地旋转，在大理石院子的白百合间，让人见了头眼昏花。

正是五月的时光，阳光透过五彩的玻璃屋顶洒下来，为白百合上了一层红蓝黄相间的颜色，仿佛当·康米罗画的鸽子一样。有时候，它跑上屋顶，在燕巢中惊出一阵啼叫。玛卡利亚每个早晨拿肥皂帮“爵爷”清洗，所以它一直很干净，光彩照人，柏拉特罗，它就犹如屋顶对着天空的那块圆齿状的阳台一样。我父亲离开人世时，它在灵柩前守了整整一夜。有一回我母亲生病了，它在床角躺了一个月，什么也没有吃。一天，有人跑到我家告状，说它让疯狗咬了。因此必须把它绑在堡垒旧酒窖的橘树上，与人群隔开。

当那些人把它拎着走下小巷时，它回头望了我一眼，看得我心痛不已。直到现在那种感觉依然隐隐作痛。柏拉特罗，就像坠落的星星一样，它的光芒一直留在我心里。它浓重的愁苦，让自身的消失保留了印迹。后来我只要因肉体的疼痛而感到哀伤时，“爵爷”深深烙在我心里的那眼神，便会浮现在眼前。那一眼仿佛是从今生通往永恒的道路——也就是说，从那条小溪通向拉·戈伦拿的那株松的道路。

四十五 井

井！柏拉特罗，这是一个非常深奥的字，非常幽绿，非常凉爽。它的回声如此响亮，犹如这个字自身在黑色土地上辛苦挖掘，一直掘出清凉的水为止。

看看！一棵无花果树马上长起来了，它给井做了装饰，但同时也破坏了井栏石。井里面，手能够得着的位置，也就是爬满青苔的砖块间，一朵蓝色的花开了，香味浓烈。再往下一点，是燕子的小窝。随后，是一条长长的清凉走廊，后面还有一个翡翠宫殿和一个湖泊；要是谁朝平静的湖里扔一块石头，它便气愤地动起来。最后，就是一片蓝天。

夜深了，月色在里面闪耀，底下还有点点星光作为装饰。好安静！路走到这里，生命远了。井底之下，井的灵魂跑进了最深处。人们能通过井看见落日的另一边。仿佛一个巨人，即掌握全部隐私的主人，会从井口升起。啊，宁静而神奇的迷宫，芳香而阴暗的花园，充满磁性的迷人殿堂！

听清了，柏拉特罗，倘若有一天我跳进井里，你要相信，我不是要自杀，我只是想快点采撷那些闪闪发光的星星。

柏拉特罗叫起来，盼望能喝一口水。从井里飞出一只惊慌失措的燕子，轻轻地盘旋。

四十六　踢

我们要去蒙德玛雅的农场，那是给牛犊烙印的地方。院子铺满了鹅卵石，即使下午天气炎热，院里也非常清凉。蓝天下，茁壮的马儿在高声鸣叫，女人们清朗的谈笑声，还有狗急躁锐利的尖叫。柏拉特罗站在角落里，渐渐烦躁起来。

“但是，小朋友，”我跟它说，“不要这样，你还小，不能和我们一起去。”

它很沮丧，后来我只能让它载着傻子，和我们同去。

好快乐的马队！从明媚的田野走过。沼泽微笑着，洼地仿佛镜片一样反射金色的阳光，旁边的磨坊在破碎的镜面里也倒映出自己的影子。在那马群稳当、坚定的脚步中间，柏拉特罗急促地踏着碎步，为了与队伍保持一致，它要经常加快速度。突然传来一声响，好像是手枪的声音。柏拉特罗的嘴撞到了一匹有斑点的小马的屁股，那匹小马立刻朝它踢了一脚算是回报。不会有人管这件事，然而我见到柏拉特罗一只前腿正不停地滴血。我跳下马背，拿小块布和马毛绑住了破裂的血管。随后让傻子领着它回家。他们两个沿着经过村子的干涸河床慢慢地、惆怅地走着，还不时回头望望我们这群引人注目的人马。

一从农场回来，我就去看望柏拉特罗，瞧见它一脸的无精打采。

“这次知道了吧，”我叹了口气说，“有些地方，你是不能跟着人们去的。”

四十七　驴子学

在一本字典中，我看到过：“驴子学：名词，描写驴子，用来挖苦人。”

悲哀的驴子！尽管你如此友善、尊贵、机灵！“挖苦”——为什么啊？你得不到细心的描写？对你做一个细心认真的描写，肯定是一个温暖的春天故事。为什么啊？人们要把好人称为“驴子”，把坏驴子称为“人”，好讽刺！

就你而言，你是高贵的知识分子，是老人与小孩的朋友，是小溪与蝴蝶，太阳与小狗，花儿与月亮的朋友。你如此耐劳、温柔、忧郁、活泼，就是草地里的马可斯·奥里利亚斯。

柏拉特罗肯定是理解的，它用明亮的眼睛注视着我，满含柔情和认可，同时有阳光闪过它凸起的眼球。啊！希望它那可爱的毛茸茸的大脑袋清楚，我正在替它打抱不平。清楚我比那些编写字典的人好许多，清楚我和它一样好心！

接着我在书的空白处写下：“驴子学：名词，应该说是——挖苦地（肯定啦！）——用来描写那些编写字典的傻子。”

四十八　基督圣体

我们从果园回来刚走进喷泉街时，在小溪边已经听到三次钟响起来的声音。那引人注目的青铜呼号，惊动了白色的小镇。它辗转的声响和爆竹热闹的声音、金属乐器的铃声，交织在一起久久回荡着。

街道刚刷了一层石灰，装饰着红赭石。白杨和柏树全是墨绿色的新装。窗户悬挂着石榴红缎子、黄色绸子以及天蓝色的织锦。在死了人的家里，窗户便会悬挂一段带着黑丝带的白羊毛料子。

教堂甬道的角落里，最远住户的屋檐下面，出现了缓慢前行的玻璃十字架，映着夕阳的碎镜片和红烛的光芒闪闪发亮。游行的队伍慢慢地走过。胭脂色的旗子下面，是捧着面包圈的面包领导者桑·洛可；淡绿的旗子下面，是手里握着银质轮船的水手领导者圣·德尔莫；黄色的旗子下面，是拿着小公牛的农民领导者桑·伊士多罗；随后是越来越多的彩色旗子，越来越多的圣人。接着是扮演圣母的桑塔·安娜，她穿着一身棕色的衣服。“圣洁童贞女”是一身蓝色……最后被两个守卫保卫着的是圣龛，它银色的波纹状表面点缀着一捆捆熟透了的谷穗和一串串生葡萄，在烟香缭绕里缓缓移动。

在将要消逝的午后，响起了用安德路西亚拉丁文唱的圣诗。阳光早已变成了蔷薇色，它的余光投向里奥街，在老旧沉重的镶金教士袍上淡淡闪着。在温暖、安静如卵石的六月里，在嫣红的钟楼顶和周围，一群鸽子正在高空飞舞，编织它们如雪光一样的花冠。

柏拉特罗鸣叫起来。它这一声温柔鸣叫，与教堂的钟声、爆竹、拉丁文和音乐一起，把这天所有的神秘都连在一起变明朗了。它的鸣叫，高傲时变得温顺，平凡时变得神圣。

四十九　骑

夏季的小路，长满了忍冬花，真是一条甜蜜的道路！我冲着天空，读诗、唱诗、吟诗。柏拉特罗闻闻墙上阴影里的疏草、铺着灰尘的锦葵以及黄色的酢浆草。它停下的时间比走动的时间要长。我由它去。

蔚蓝蔚蓝的天空，由硕果累累的杏树顶上抬头看上去，心旷神怡。明朗的田野寂静中带着炎热。一面白色船帆静止在无风的河面上。那边的山岭，有一团浓浓的雾气在野火中升腾，在半空中聚成圆形的黑云。

我们的漫步并不长久。就像生命长河中平静明朗的一天——不用膜拜神圣的天堂，不用追逐大海之外的仙山，也不用理会悲剧的火焰！

橘子的清香和凉爽的井链笑声交融在一起，柏拉特罗鸣叫着，兴高采烈地跳跃着。这样的平常时光是多么美好啊！此刻水池出现在我们面前，我装了满满一玻璃杯的水，喝下那由白雪化成的液体。柏拉特罗将嘴巴探进阴影下的水面，这里一点、那里一点地挑最干净的地方贪婪地喝下去。

五十　夜幕将垂

村庄的夕阳正在慢慢消退，此刻，关于未来的遐想还有关于过去模糊不清的一切，是如此充满诗意！有一种诱人的妖娆环绕在整个镇里，犹如将它钉在一个惆怅而哀思的十字架上。

在明朗的星光下，谷物堆在打谷场上，散发着清香。工人们在睡意蒙的疲倦中低声唱着。那些寡妇坐在门口，想念离开人世的亲人，他们就躺在附近，畜棚后面便是。孩子们在阴影之间跑来跑去，仿佛雀鸟在树林之间飞来飞去。

在破旧房子的白墙前，暗淡的光影穿过，偶尔能照出几个模糊不清并且带着尘土的人影，沉默而愁苦：一个新来的乞丐，一个去往已经收获了的田野的葡萄牙人，可能是小偷——他们黝黑、胆怯的外形，和紫红色的夕阳照射熟悉事物的宁静，形成了鲜明的对比。孩子们都散开了，门口昏暗了许多。在这幽静的空气里，听见人们在议论，说有人正在生产一种油膏，拿来救治国王患肺病的女儿……

五十一　橡皮印

那个印和表的形状一样，柏拉特罗。只要打开小银盒，它就会出现，在一块浸满紫色墨水的布上压一下，仿佛一只小鸟窝在自己的巢里。随后在我白色的手心里压上一分钟，就会出现这样的字样：

佛朗西斯科·鲁伊斯

莫格尔

这让人非常快乐。

我多么渴望得到这个印章啊！它是在当·卡罗斯学校时，我一个朋友的。有一次，我从家里一张旧办公桌上找出了一架微型印刷机，我尝试着排出自己的名字。然而总是弄不好。它比不上我朋友的印章便利，能随便印在任何地方，在书上、墙上、皮肤上都可以印出他的名字：

佛朗西斯科·鲁伊斯

莫格尔

有一天，一个文具推销员和施维尔的制银匠阿里亚斯一起来到我家。他有尺子、圆规、彩色墨水，还有印章，非常好看的一套工具！形状和大小都很齐全。我把钱罐子摔碎，找出五个贝塞达斯币，跟他预定一个刻着我名字和籍贯的印章。那是我觉得最漫长的一周。每当听见邮车的声音，我的心就跳得很快。当邮差走路的声音又消失在雨里时，我感到失望、惆怅。终于在一天晚上，邮差将它带给我。它是一个复杂的工具，有铅笔、钢笔、印火漆用的名字缩写印——应该还有很多我记不得的东西！只要按一下弹簧按钮，崭新的墨色印章就会出现。

整个家里还有什么东西没有盖上印章呢？那一天里，还有哪件东西不是我的呢？如果有人借我的印章去用，我便说："当心点，别用坏了！"心里非常紧张！次日，我兴冲冲地把这一切都带去学校：我的课本、衬衫、帽子、靴子和两只手，全部都盖上了印章：

胡安·拉蒙·希梅内斯

莫格尔

五十二　母狗

我和你说过这条母狗，柏拉特罗，正是射手罗巴韬的那一条。你和它非常熟，因为我们在去罗斯·兰诺斯的路上见过它许多次。你没有忘记吧？它浑身金而白的毛发仿佛五月里的晚霞。它生下四条小狗，可送牛奶的大娘沙鲁将它们全都带去了拉斯·马特拉斯的小屋。因为她的孩子病得很严重，当·刘易斯说要给孩子喝小狗肉汤。你很清楚，从罗巴韬家到拉斯·马特拉斯那座桥路途遥远，中途还要经过拉斯·他勃拉斯。

柏拉特罗，听说在那天，这条狗发疯似的到处奔走，跑进跑出的，爬到墙上，甚至去闻过路的人们。太阳快下山的时候，人们看见它还站在守门人罗斯·汉尔诺斯小屋旁的煤包上，冲着落日哀鸣。

你非常清楚，从安密狄奥街到拉斯·他勃拉斯的人行桥路途遥远。那条狗在夜里总共走了四个来回。柏拉特罗，它每一回嘴里都叼着一条小狗。第二天黎明，罗巴韬打开门时，母狗躺在门槛上，幸福地瞧着主人，那四只小狗全部在哆嗦着吮吸它圆润的粉红色乳房。

五十三　我们三个

柏拉特罗，可能她已经走了——去了哪里呢？坐在阳光烘烤下的黑色火车里，冲破遍布的白云，沿着铁轨向北飞驰而去。

我和你一起，正在金黄的麦浪之中。这片田野中，洒满了如血的罂粟花。罂粟花在七月里已经布满了灰色的花蕊。缥缈无方的云烟——你记得吗——从太阳和花朵之间飘过，留下淡淡的阴暗。

一个飞舞的金发身影，系着黑面纱！在疾驰的火车窗框中，仿佛一个幻想的肖像。

可能她心里想：他们是谁啊，那个穿着丧服的人和那头银灰色的小驴？

我们还能是谁啊？你也是这样想的对吗，柏拉特罗？

五十四　麻雀

圣詹姆斯日的清晨，小镇被灰白色的烟雾笼罩着，仿佛包在棉花里。所有的人都做弥撒去了。花园里只剩下麻雀、柏拉特罗和我。

在偶尔落下几滴细雨的一团团云彩下，有好多的麻雀！看它们如何在葡萄藤蔓之间穿来穿去，如何叽叽喳喳地嚼舌根，如何相互啄着小嘴！有一只在树枝上歇脚，忽地又飞走了，剩下摇晃的树枝；有一只飞到井栏边，在映有天空倒影的小水坑里喝了口水；还有一只，落在侧屋顶上，那里都是凋零的花朵，只是在今天这样有云的天气里增添了许多色彩。

没有固定节日的小鸟，多么幸福！它们拥有大自然的纯真和自由，钟声对它们而言什么都不是，它们有的，只是闲适的愉快。它们非常知足，没有任何命运带来的责任，也没有让人激动的巅峰和让人恐惧的深渊，不像人类这种不幸的生物。它们有的，是自己的操守道德。它们是我的兄弟，我最亲爱的兄弟！

它们去旅行，没必要带钱也没必要带行装；只要愿意，它们马上就能搬家。它们能察觉到溪流的位置、矮林的位置，如果想去，展开翅膀它们就会找到幸福；它们没有必要知道什么星期一或者星期六。它们随时随地，都能沐浴洗澡；它们的爱情，是不需要知道对方名字的，它们的爱情遍及整个世界。

当人们出去做主日弥撒时，它们便会突然欢欣鼓舞地飞到一个关着大门的花园里，在那儿，有一个它们熟悉的诗人，还有一头温顺的小驴子，把它们当兄弟一样看待。

五十五　夏

柏拉特罗在滴血，那是让牛虻咬的，流出了黏稠的紫红血液。知了躲在松树上没完没了地叫。经过片刻的沉睡后，我睁开眼睛，看到沙面上的景致都成了白色的，在这火辣辣的炙热里，使人一下子觉得神秘冷清。

一丛一丛的石玫瑰上，开满了悠闲的大花朵——烟状玫瑰、轻纱玫瑰、薄纸一样的玫瑰，每一朵都带着四滴红色的眼泪；让人喘不过气的雾气，令平凡没有光泽的松树变成了白色。一只不曾看到过的鸟儿，黄色的羽毛上夹着些许黑点，无声无息地站在树枝上。守园人敲响铜薄片，赶走来自天空成群结队的长尾鸢，它们想要吃掉橘子。我们走到胡桃树的树荫里，随着一阵干脆的响声，我把两个西瓜切开，它嫣红的瓜瓤，蒙着一层清凉的玫瑰色霜花。我慢吞吞地吃着我那个，听着远方镇上黄昏时分的钟声。柏拉特罗吞下那甘甜的瓜肉，仿佛喝水那样。

五十六　星期日

小钟响起了一组协调的声音，时远时近，在这节日的清晨格外透亮的蓝天下飘荡着。田野换上了绿色的新装，愉快而响亮的钟声，给它轻轻地披上了金色的外衣。

所有人都去城里看游行队伍了，甚至连卫兵都去了。只剩下柏拉特罗和我。如此宁静！如此纯净！如此幸福！我将柏拉特罗带到高一层的草地上，自己躺在一棵松树底下读书，那棵松树上落满了鸟雀，它们不会飞走。

钟声响起，在两次钟声之间的宁静里，我感受到了九月清晨内心的宁静与喜悦。金黑色的黄蜂，在挂满串串饱满麝香葡萄的乔木间飞来飞去；蝴蝶在花丛中翩翩起舞和颜色艳丽的花朵融合在一起。此时，孤独就仿佛一种伟大的思想。

有时候，柏拉特罗会停下吃草，望着我。有时候，我停下读书，望着它。

五十七　蟋蟀之歌

柏拉特罗和我在夜里散步时，已经非常熟悉蟋蟀的歌声了。

蟋蟀在夕阳西下时唱第一首歌，充满了迟疑、低落和生涩。不过它不断学习，摸索着改变调子，随后逐渐上升到准确的音高，犹如在探寻一个最符合时空的发音。突然，星星出现在明朗的天空，此时，它的歌声已经是和旋律一样悦耳，犹如回荡的钟声。

清新的微风飘来飘去，花朵在夜里任意绽放，一种神圣洁净的浓香顺着草天交会的蓝色田野飘浮。蟋蟀的歌声越来越高兴，传遍了整片村野，仿佛影子的声音。它不再迟疑，不再沉默。似乎发出的每一个音符和另一个音符都是孪生兄弟，有一种血缘关系。

时间就这样静静地消逝。世上没有发生战争，工人们在睡觉，遥远的天空成了他们梦里的地方。在爬山虎和围墙之间，那些可能存在爱情的人们，彼此的眼神正在交融。一小块豆田以其绽放的花朵，给村镇送来柔和芳香的讯息，这讯息，似乎发自一个勇敢自由、情感真挚的年轻男孩。绿色的麦子，在两点、三点、四点的时候，随着月光摆动，伴着微风叹气。蟋蟀那么悦耳的歌声，此时却被淡忘了。

我和柏拉特罗觉得好冷，准备回去睡觉。当我们走过露水结霜的小路时，听到蟋蟀又唱了起来，那是它们清晨的歌声！月亮正在下落，散发出朦胧的红光。此刻，蟋蟀的歌声陶醉在月色和星辉之中，非常浪漫、神奇、丰富。接着出现大片忧伤的云彩，带着紫蓝色朦胧的边缘。白天慢慢地从海面升起来了。

五十八　斗牛

这些孩子为什么而来？柏拉特罗，我敢肯定你还蒙在鼓里。他们问我，今天下午可不可以带上你一起去观看斗牛？不要害怕，我已经告诉他们，这种事想都别想。

几乎要疯狂了，柏拉特罗。全镇都因为斗牛而兴奋起来。有一个乐队从大清早起就在小旅馆门口演奏，声音沙哑了，调子也跑了；整条新街从上到下，车水马龙，熙熙攘攘。后街那儿，他们正为斗牛士准备“康纳里奥”——这是小孩子非常喜爱的黄色马车。院子里全部的花，都被摘下送给主持斗牛的淑女们了。年轻的小伙子们头上戴着阔边帽，穿着罩衫，嘴里还咬着雪茄，慵懒地走在街道上，浑身是白兰地和牛棚的味道，这样的情景让我感到悲痛。

等到差不多两点钟，柏拉特罗，在那只剩下宁静和阳光的时刻，也就是一天中明媚的空隙处，斗牛士和淑女们还在穿衣服时，你和我便像去年一样，从后门走出小巷，走到田野里去。

在热闹的节日里，田野如此美妙！然而人们都把它忘却了。放眼看去，看不到一个老人弯腰在葡萄藤下或是菜园里干净的小溪边劳作。远处的镇子里，斗牛场上人声鼎沸，鼓掌声以及牛铃的音乐，仿佛小丑头上的帽顶一样升起。我们正安静地朝大海走去，这所有的一切都被丢弃在身后了。可是灵魂，柏拉特罗，它凭借崇高和美感，就能成为世间万物的皇后。大自然只要受到敬重，它就会心甘情愿地奉献自己，让那些知道欣赏永恒、壮丽美景的人尽情享受。

五十九　风暴

可怕。不敢呼吸。直冒冷汗。恐怖而消沉的天空让早晨喘不过气来。寂静……爱情停止了。罪孽在发抖。悔恨闭上了双眼，越来越沉寂。

雷声轰隆隆地响着，没完没了的，仿佛一堆大石块从天上不停地落到镇里，滚动在这被遗忘的早晨。所有柔弱的东西——花儿、小鸟——都消逝在生命里。

带着惊恐和胆怯，从虚掩的窗户往外看，见到了红得发亮的天空。东边云层的裂缝处，闪着几许阴冷浑浊的淡紫和蔷薇红的细小光线，可依旧抵抗不了黑暗。

被人们遗忘的简单的安格鲁斯在不间断的雷声中哭泣。难道这是人间仅剩的一次安格鲁斯吗？人们盼望钟声早点结束，或者敲得更加密集响亮，以掩盖咆哮的暴风雨。人们不停地走来走去，祈求着，但不知道求的是什么。

人们的心灵都因为害怕僵住了。远处传来孩子们的哭声……

柏拉特罗会有什么感受？它一直孤零零地待在外面，待在毫无防护的马槽里。

六十　葡萄收获

柏拉特罗，今年来送葡萄的驴子好少啊！牌子上印着大字母：六里亚尔一斤，但没有任何效果。那些来自卢创拿、阿尔蒙特、巴洛斯的驴子都去了哪里？它们运载着如黄金一样流动的液体，就和你驮着我全身的血液一样。这些驴子在等候去榨酒坊卸货，排着长队等了一个又一个小时。葡萄汁流满了整条街，女人和孩子们拿着水瓶、水缸和土罐装。

那个时候，酒窖是如此欢乐，柏拉特罗，特别是那些什一酒窖！在一棵大核桃树压着的屋檐下，酒窖工人用清新、响亮、浑厚的调子唱着歌，清洗大酒桶；专门倒酒的人光着脚从这里走过，抬着大桶大桶的新鲜葡萄汁，摇晃着，还在冒泡；远处的工场底下，桶匠在不停地敲打，能清楚地听见回声。我骑在驴子的背上，从一扇门走进阿尔米朗特，从另外一扇门走出来——两扇门高兴地对立着，在造酒工人热情的抚摸下，它们都闪着生命的光辉。

二十个作坊不分昼夜地工作着。多么疯狂，多么拼命，多么欢乐啊！可是今年，柏拉特罗，全部作坊都关上了窗户。畜棚那还有两三个工人，就足够了。

柏拉特罗，现在你可以做些活儿了，你总是无所事事的话，很像一个懒汉。

其他载着葡萄的驴子，不停地注视柏拉特罗，它依然那么洒脱，自由自在；为了避免它们讨厌它，或者说它坏话，我带它去附近的榨酒坊，装上葡萄，牵着它缓缓地走到这些驴子中间，和它们一同走去作坊。接着，我偷偷把它带走了。

六十一　夜曲

节日的镇子，火光映红了天空，温暖的微风送来一阵忧伤怀旧的华尔兹乐曲。教堂徘徊在紫色、天蓝色和黄色的光环之间，看上去显得僵硬、惨白、沉默。酒窖之外，是一片漆黑的田野，低沉的黄月朦胧地沿河边下落。

野外只剩下孤零零的树木和影子。蟋蟀时断时续地鸣叫，隐蔽的水流传出梦呓似的言语，再添上些许柔软和湿润，犹如星星在水底里融化一般。柏拉特罗从马厩里，发出哀伤的鸣叫。

羊睡醒了，不停地走来走去；小铃铛一直在响，开始随便响了几下，之后非常悦耳。最终，不响了……远处，从蒙德玛雅响起一头驴子的嘶鸣……随后，又有另一只在瓦耶胡艾尔罗……一条狗在汪汪大叫……

月色非常明亮，园中的花朵看上去就和白天的颜色一样。在喷泉街最后一间房子前，晃动的红灯笼之下，有个寂寞的男人正向街角拐去。那个男人是我吗？不是的，此时我正在芳香的天际里，在金蓝色涌动的月光、紫丁香、清风、树影中间，聆听着自己几近静止的心跳声。

大地在温柔地旋转……

六十二　沙列滔

在葡萄收获的日子，一个炎热的黄昏，我经过葡萄园中的小溪边时，女人们对我说，一个小黑孩要找我。

我向打谷场走去，瞧见他刚好沿着小路走来。

“沙列滔！”

他是我在布艾尔道·利根的恋人罗沙连娜的用人。他为了来农村斗牛，逃出了施维尔，身上一分钱也没有，就这么空着肚子从尼艾巴拉走到这里，一条红艳艳的斗牛披风搭在他的肩上。

摘葡萄的男人们斜着眼注视他，眼神里满是轻蔑；女人们大多因为男人的关系，没有看他。他前不久从榨酒坊经过时，和一个把他耳朵咬破了的小男孩打了一架。

我对他笑笑，亲切地跟他说话。柏拉特罗在我们旁边走着，同时吃些葡萄，沙列滔没有勇气对我表达尊敬，他一边拍拍驴子，一边神气十足地看着我。

六十三　午睡

下午，我在无花果树下睡醒，看见了淡黄色的阳光，这是多么忧伤的美丽！

一阵带有石玫瑰芳香的干燥轻风，吹过我刚睡醒还流着汗的身子。祥和的老树轻轻晃动着它巨大的叶子，我时而被遮在阴影里，时而被阳光刺痛双眼。我似乎躺在轻轻摇晃的摇篮中，一会儿从阳光摇进树荫，一会儿又从树荫摇进阳光。

远方，凄凉的镇子里，晶莹透亮的空气那边，响起了三下晚祷的钟声。钟声传来时，柏拉特罗抢走了我那个蒙着红色甜霜的大西瓜，随后呆呆地在我面前站着，用黑溜溜的大眼睛看着我。

看着它困乏的双眼，我的眼睛愈加疲倦……又吹来一阵轻风，我的双眼仿佛一只展翅将飞的蝴蝶，却又一下子收起了双翼……忽然闭上。

六十四 烟火

九月有节日的夜晚，我们就会跑到房子后面高高的果园里。水池边的晚香玉，散发出一种平静的幽香，我们聆听着镇子里节日的热情。

天很晚时才燃放烟火。刚开始只是几声闷响，随后才是和没有尾巴的火箭一样，带着一声叹息在半空中绽放，仿佛一颗星星的双眼，只在田野上空快速地一闪，就化成了红色、紫色、蓝色的火光；烟火在坠落时，就像一个光着身子的少女，又宛如血色的垂柳，滴下光的花朵。啊，烟火就是那发光的孔雀，是天上一束美丽的玫瑰，是在星星的花园里翱翔的雉鸡。

每响起一次爆炸声，柏拉特罗就会颤抖一次。天空中的烟火都化成了蓝色、紫色、红色的光亮，透过闪烁的光亮，我能瞧见，它正张着黑溜溜的大眼睛看向我。

节日迎来了高潮，伴随着远方镇子的喧嚣，天空中升起一顶旋转的金冠，一直飘过城堡，突然爆发出了震耳欲聋的声响。柏拉特罗边逃跑边鸣叫着，似乎魔鬼收了它的灵魂，从葡萄藤中间一直跑到了宁静的松树林，最后消失在黑暗里。

六十五　月亮

柏拉特罗刚刚把两桶从畜棚井里打上来，还闪着星光的水喝下，随后就糊里糊涂地穿过高大的向日葵，回到马厩去了。我直着身子倚在涂白的门边等它，周围天芥菜柔和的芬芳包围着我。

九月的凉气，把屋顶都打湿了。远处，沉睡的田野里，散发着浓浓的松香味。一朵非常大的黑云，仿佛一只巨大的母鸡下出了一枚金色的蛋，月亮被留在了山顶。

我对着月亮说：

——孤独的，
是这天上的月亮，没有归属，
不曾见过它掉下，除非是在梦里。

柏拉特罗注视着月亮，摇摇一只耳朵，发出温柔的声音。随后一脸迷茫地看着我，又摇摇另一只耳朵。

六十六　欢乐

柏拉特罗在和漂亮如新月的小白狗黛安娜嬉戏，旁边还有那只灰色的老羊和孩子们。

黛安娜优雅而巧妙地摇着它的小铃铛，在小驴子面前跳跃着，做出一副要咬它鼻子的样子。柏拉特罗则竖起两只仙人掌一样的耳朵，缓缓撞向它，黛安娜顿时就滚进开满花朵的草地里。那只羊走到柏拉特罗身边，蹭着它的腿，用牙撕扯它背上的芦苇。它嘴里含着雏菊和丁香，绕到它前面，用头撞它，接着快乐地跳起来，兴奋地咩咩叫，仿佛一个撒娇的女人。

和孩子们一起时，柏拉特罗就成了一件玩具。它最大限度地耐着性子任由他们戏弄！它慢慢走着，又停下来装作傻子，因为它担心他们会从背上跌下来。有时，它会突然做出一副要跑起来的样子，吓得他们连连尖叫。

莫格尔秋日的下午非常晴朗。十月明净的空气冲洗了全部的声音，令它们变得透明清晰。山谷上响起惬意的乡村牧歌：

有咩咩的羊叫，有孩子的笑声，有狗吠声和叮叮作响的铃铛声。

六十七　雁群走过

我过来给柏拉特罗喝水。在满是白云和星星的寂静夜晚里，在悄无声息的畜棚中，我们听见了从头顶上传来的干脆的口哨呼唤声。

那是雁群。为了不被海上风暴蹂躏，它们要去往陆地。很多时候，好像我们在升高而它们却下降了，我们听见从它们的翅膀和嘴里发出的声音，慢慢减弱了。

一个又一个小时过去了，那口哨的呼唤一直在响，伴随着没完没了的旅途。

柏拉特罗常常停止喝水，和我一起遥望星星，眼里充满了淡淡的思乡之情。

六十八　小女孩

柏拉特罗非常喜爱那个小女孩。只要她穿着白色的小裙子，戴着草帽，热情地唤一声“柏拉特罗，小柏拉特罗”，由紫丁香花丛中朝它走来时，小傻驴就会试图扯断绳子，跟个小男孩似的，兴奋地叫唤。

她毫不犹豫地在它身体下面来回地走着，抬起小脚轻轻踢它，她把手中白色的花朵放进它长着巨大黄牙的粉红色大嘴，或者拉着它那双存心低下来让她够到的耳朵，她可以温柔地叫它很多名字：“柏拉特罗！大柏拉特罗！好柏拉特罗！坏柏拉特罗！”

在一段长长的时光里，小女孩躺在她白色的小床里，沿着生命的河流走向死亡时，任何人都想不起柏拉特罗。她在神志不清时会悲伤地叫它：“小柏拉特罗！”在满是哀叹的黑乎乎的房子里，偶尔可以远远地听见她的朋友哀伤的鸣叫。多么凄凉的夏天！

举行葬礼的那个下午，上帝赐予她好多的光辉荣华，如同现在这般，就要消逝的九月里满是蔷薇和金黄。墓地的钟声久久回荡着，夕阳美好，这是一条送她去幸福天堂的金光大道！我一个人悲伤地沿着围墙走回去，从畜栏的门口回到了家里。因为要躲避人群，我来到马厩，和柏拉特罗坐着一起流泪。

六十九　牧羊人

山上，紫色已经逐渐转晴，阴暗得有些恐怖。牧羊的小孩长得很黑，在水晶般的斜阳下，在一座闪烁的维纳斯像下，轻轻吹响他的管子。花朵和羊群清脆悦耳的铃铛声交织在一起：花朵此时已经看不见了，不过依然散发出醉人的芳香，可以知道，在厚重的阴影里，还有着看不见的花朵；铃铛声在镇门口熟悉的地方，散落开来。

"先生，倘若那头驴子属于我……"

恍惚间，这小孩看上去更黑，更具乡村气息。他敏锐的眼睛一闪，看上去仿佛来自巴尔托隆美·艾斯的本·穆里罗画里的一个少年。

我将小驴子给他……不过失去了你，我还能去做什么呢，小柏拉特罗？

圆圆的月亮从蒙德马雅修道院缓缓升起。月色温柔地洒在草地上，那儿还残留着朦胧斑驳的日光；地面盛开的花朵如梦境一般——犹如一条神奇的彩带，朴实漂亮；岩石越来越高大，越来越不安分，越来越悲伤；掩藏着的溪水，哭声越来越响亮。

小牧羊人忌妒地叫道：

"噢，倘若那头驴子属于我！"

此时，喊声已经远离了我们。

七十　金丝雀死了

柏拉特罗，你看看，今天早上孩子们的金丝雀在笼子里死了。不幸的鸟儿，它真的很老了。你肯定记得，它把头缩在羽毛内，孤独地度过了生命的最后一个冬天。春天来时，阳光将敞开的地方照成了一座花园，最美的玫瑰花盛开在院子中，金丝雀为了给生机盎然的景色增添一些气息，唱起歌来。不过它的嗓子已经坏了，气喘吁吁的，仿佛一只裂开的笛子。

年龄最长的孩子喂养它，当瞧见它僵硬地躺在笼底时，边跑边喊：

“食物也有，清水也有，什么东西都有……”

确实，什么东西都有，柏拉特罗。“它就要死了。”就和另外一只金丝雀康波摩尔说的一样。柏拉特罗，你觉得鸟雀有自己的天堂吗？天空上面，是否有一座种满了金色玫瑰的绿色花园，那里全是白色的、蓝色的、蔷薇色的和黄色的鸟儿的灵魂？

听好了：夜里，孩子们、你和我要把死了的金丝雀带去花园。圆月惨白的清光下，不幸的歌手躺在洁净的掌心里，仿佛一片凋零的蝴蝶花花瓣。我们会将它埋在玫瑰底下。

柏拉特罗，等到春天，我们就可以看见小鸟从一朵白色玫瑰的花蕊里飞起。那隐蔽的翅膀会在四月的阳光里，陶醉地翱翔，那淡淡的馨香将会变为动听的歌声，那是最纯真的声音。

七十一　山

柏拉特罗，你没有见过我如此优美浪漫地躺在山上吧？

羊群、狗和乌鸦走过，我全然不理会，看都不看它们。夜幕降临，当黑暗驱逐我时，我才起身离去。我已经忘记了第一次去那里的时间，甚至开始怀疑我有没有去过那里。你肯定清楚我说的是哪座山，就是在戈班诺的老葡萄园上边，宛如一对男女身体的红山。

在那儿，我读了全部的书，思索了全部的思想。在所有的博物馆里，我都见到了我的自画像；我穿了黑色的衣服，在沙地上舒展开，背对着自己，我说的是背对着你或者每个看这幅画像的人；我的思想，自由地飘移在我的双眼和夕阳之间。

从拉·卡纳的房子那边传来呼唤我的声音，问我是不是要吃晚饭或是睡觉。我觉得我应该去，可是又不能确定要不要留在那里。柏拉特罗，我敢确定的是，我永远不会在任何一个我可能在的地方：现在不会在这里和你一起，甚至死了也不会待在坟墓中；我要在那座优美浪漫的红山上，拿一本书，注视着太阳在河面上升起落下……

七十二 十月的下午

当第一片枯黄的叶子落下时，假期结束，孩子们全往学校去了。家里只剩下孤独与寂寞，连照进来的阳光都显得无聊。模糊之中，传来他们远去的笑声。

太阳在花朵依旧绽放的玫瑰园上空徐徐落下。落日的余晖洒在最后的玫瑰上，花园瞬间散发出芳香的火焰，冲着夕阳燃烧。玫瑰烧焦的香味弥漫了整个花园。死一般的寂静。

柏拉特罗跟我一样空虚，无所事事。它一步步走到我身边，迟疑了好一阵，才下定决心，和我一起回到家里。

七十三　遗忘了的葡萄

十月连绵的雨天过去了。我们趁着天气晴朗，去了葡萄园。那日，湛蓝的天空金光灿烂。柏拉特罗鞍囊的一边放着孩子们的帽子和午餐，为了平衡重量，另一边坐着安静的白朗卡，她宛如一朵白嫩娇红的桃花。

被雨水洗刷过的郊外非常清新迷人。小溪水满到溢出来，土地被浅浅地犁过，附近白杨树的叶子反射着金黄的阳光，树叶之中，能看见雀鸟们黑色的身影。

忽然，一个又一个的孩子奔跑起来。同时高喊道：

“那有一串葡萄！葡萄！”

一棵老葡萄藤，盘结弯曲的枝蔓上挂着一些黑色和红色的干枯叶子，刺眼的阳光下，可以看见一串饱满、光亮、琥珀色的葡萄。维多利亚摘下葡萄，藏在身后。每个孩子都想要它！我让她把葡萄递给我。于是，这个快要成年的少女显示出对异性的温柔，心甘情愿地将葡萄递给我。

这串葡萄总共有五大颗。我给维多利亚、白朗卡、罗拉、佩贝一人发一颗，最后一颗在孩子们的笑声和掌声里，给了柏拉特罗，它张开大牙，粗鲁地接过去。

七十四 秋天

柏拉特罗，太阳好懒，就是不愿意从床上爬起，连农场的工人都比它起得早。尽管它光着身子，可天气依然严寒。

北风刮得好大！看看掉在地上的小树枝，强劲的风把它们往一个方向吹，最后一枝枝都成列地落在地上，指向南边。

柏拉特罗，那个犁头，仿佛一个粗劣的战争武器，正为和平快乐地忙碌着。潮湿大路两旁的枯黄树木，宛如明净透亮的金色篝火，照亮了我们急行的步伐——等到春天，它们一定又是绿色的。

七十五　阿尔米朗特

你没有见过它。你来之前，它就被带走了。在它身上，我学会了高贵。你瞧瞧，食槽板上还有它的名字，它的鞍座、嚼子和缰绳。

柏拉特罗，它最初来到厩栏时，非常高兴！它从沼泽地来，带给我无穷的活力、朝气和欢乐。它非常威武！每个早晨，我很早就带着它走下河边，任它疾驰在沼泽地上，吓飞一群在关闭的磨坊旁边偷吃的乌鸦。随后我们走上公路，踩着结实紧凑的步子经过新街，前往小镇。

一个冬天的下午，在桑·胡安开酒窖的杜邦先生来到我家，手里还握着一根马鞭。他在客厅的小台柜上放了一沓钞票，便和罗路一同去了厩栏。没多久天就黑了，我在窗边看见阿尔米朗特被绑在杜邦先生的车上，那是一辆便捷的微型马车，踩着雨水驶向新街，这一切似乎在梦里。

不知道过了多少天，我的心还是哀伤不已。他们赶紧请来医生，让我服用溴化物、醚和其他的药物，直至万能的时间慢慢抹去它留在我内心的痕迹。就像抹去“爵爷”和那个小女孩一样，柏拉特罗。

确实，柏拉特罗，你和阿尔米朗特应该可以成为好朋友的！

七十六　鱼鳞

柏拉特罗，从阿千纳街往下，莫格尔好像成了另一个市镇。从那条街开始就是海员的住所。那里的人说话是另一种样子，使用航海术语，自由随意。男人们衣着考究，上面挂着粗重的表链，抽极好的雪茄和长烟斗。一个是镇上卡尔列特里阿区严谨谦虚却没有情趣的男人，像拉伯索；另一个是堤岸街皮肤黝黑而纯朴快乐的黄毛男人，像你知道的比贡，两者有很大的不同。

桑·弗朗西斯高教堂器物管理人的女儿格兰狄拉是珊瑚街人，每次她来我们家，她活泼悦耳的声音就会传遍整个厨房。三个女仆，一个是佛列塞达人，一个是蒙他里奥人，还有一个是罗斯·汉诺斯人，全被她讲的故事吸引了。她讲到关于卡狄滋，达里法和那个岛的事情：比如走私烟草，比如英国货，比如银色和金色的丝袜。接着她扭着窈窕轻盈的身子，神气十足地踩着鞋跟，咯噔咯噔往外走，裹着条黑色的精美披巾。

那几个女仆仍在议论她刚才说的话题。我见到蒙德玛雅用手遮住左眼，一只手拿着鱼鳞，对着阳光看。我问她做什么呢。她跟我说，从鳞上的彩虹能看见披着绣花斗篷的圣女卡门，她是海员的守护神。她说，这是真事，是格兰狄拉跟她说的。

七十七　皮尼图

“看看他！看看他的样子！简直比皮尼图还疯！”

我简直记不起谁是皮尼图了。柏拉特罗，此时，在这温暖的秋日里，沙墙被阳光晒得像一团火，不过颜色比热气还红。突然，一个小男孩的叫声让我想起了老皮尼图，他走在斜坡上，背一捆黑乎乎的葡萄藤走向我们。

他一下子出现在我脑海里，可又模糊了。有那么一段时间，我可以看见黑瘦而机灵的他留下来的俊美模样，不过等我尽力确定他的形象时，所有的感觉又不见了，和被惊醒的梦一样，什么也没有留下。而且，我不能确定看见的到底是不是他。

可能，在一个大雨滂沱的早上，几乎赤身裸体奔跑在新街上，被孩子们用石子丢的，就是他；可能，在一个冬天的落日里，把头压得低低的，路过旧墓地的围墙，走到外乡乞丐那里的，就是他。那是个不用交租的洞穴，对着风车，附近是死狗和垃圾堆。

“……比皮尼图还疯！看看他！”

柏拉特罗，如果可以和皮尼图说上一次话，我愿意献出任何东西！听玛卡利亚说，有一次，这位不幸的老人在高拉斯家喝了很多酒后，掉进堡垒附近的水沟死了。不过那都是过去的事了。那时候，我还是个和你一样大的小孩。柏拉特罗，你觉得他是真疯吗？

我想知道，他到底是怎样一个人？

柏拉特罗，皮尼图已经死了，我永远也不可能知道他到底是什么样的人了；不过你清楚，听那个小男孩说（他母亲一定见过皮尼图），我比他还疯。

七十八　河

柏拉特罗，你瞧瞧，仅仅为了那些矿和他们不轨的想法，这条小河就被糟蹋得不成样子了。今天傍晚，红红的河水蜿蜒在紫色和黄色的淤泥中间，细小到连夕阳也不能照到。河道现在只能承受玩具船的重量，别的功能已经全部丧失。真的好可惜！

之前，那些酒商们的巨大船只；单桅小船、双桅船还有别的地中海帆船——艾尔·卢宝号、拉·荷温·艾莱莎号；我父亲的桑·盖逸达诺号，它由可怜的昆特鲁掌管着；还有我叔父的拉·艾斯特列拉号，那艘船的船长是比贡——这些船欢乐而繁杂的桅杆把桑·胡安的上空都遮住了，它们的主桅让孩子们赞叹！这些船上装着很多大箱酒，低低地浮航在水里，可能要驶去马拉卡、卡狄滋或者直布罗陀。除了这些船之外，还有渔船，船上的窗口、画上的保护神，以及用绿、蓝、白、黄和深红画上的船名，在波浪涌动时，和所有河面上的东西交杂在一起。渔夫把捕到的沙甸、大蚝、鳗、鲽、蟹，运回小镇……里奥田图的废铜，杀死了全部的东西。柏拉特罗，如今穷人能够吃到这些恶心的鱼了，因为有钱人都不敢吃了。地中海帆船、单桅小船、双桅船全都走光了。

如此惨痛的转变！基督的塑像，已经见不到大海的潮起潮落了！见到的，只是柔和细小的河流，颜色仿佛西边的太阳，又仿佛一具干瘦破烂的乞丐尸体上流淌着的小血流，映在拉·艾斯特列拉号上——其船身已经发黑腐烂，支离破碎，犬牙交错的龙骨竖起，烧焦的船壳仿佛大鱼的骨架；边防军的孩子们在船里做游戏，似乎苦闷在我内心做游戏一样。

七十九　石榴

柏拉特罗，这石榴长得真漂亮！这是阿格狄拉从拉斯·蒙哈斯的小溪边挑了最好的一颗送来的。没有哪一种水果会和它一样，能让我联想起灌溉它的晶莹剔透的水。它非常饱满、强健和鲜美。我们一起来尝尝吧！

柏拉特罗，它苦涩的外皮仿佛是地下生的坚硬的根，好难剥开，不过果子却非常美味！黏着果皮的第一层甜蜜颗粒，仿佛细软的小红宝石。此刻，柏拉特罗，吃到颗粒紧紧挤在一起的核心了——每一粒都饱满无比，蒙着如纱的薄膜，宛如一个小巧美味的水晶宝库。多汁又结实，仿佛一个年轻王后的心。好结实呀，柏拉特罗！你来吃一些，多么美味呀，我们的牙齿已经陶醉在丰盛欢乐的红宝石里了，多么知足和感激！先等等，我已经说不出话了。它在我舌头里的滋味，宛如眼睛迷离在万花筒五彩缤纷的迷宫里一样。噢，我都给吃光啦！

如今我失去了石榴树。柏拉特罗，你没见到在百花街酿酒厂大庭院里的石榴树。傍晚的时候，我们常常走到那里……穿过倒塌的围墙，我们能看见田野、小河，以及珊瑚街上那些房子和院子，每一个都有令人陶醉的景色。我们能听见边防军和斯艾尔拉斯铁厂的拉号声。这是我在镇子的新发现，不过我并不常去，那里的日常生活满是诗情画意。夕阳落下，无花果树上爬着蜥蜴。此刻正掩藏在阴影里的水井，看上去生机盎然，水井旁就是宛如珠宝的石榴树。

石榴，英格尔的特产，它的名气令我们骄傲！石榴，盛放在红彤彤的夕阳中！石榴，在拉斯·蒙哈斯山的果园里，在佩拉尔的山谷中，在沙巴里艾戈，在寂静深幽、溪水长流的峡谷之间；在那里，天空是迷人的玫瑰色，仿佛我的思想，直到深夜降临。

八十　城堡

柏拉特罗，今天傍晚的天空好迷人！秋日如金属一样的光泽，仿佛纯金打造的大刀。我很乐意来到这里，因为在这荒凉的山坡上，能观看到最壮观的日落，无人打扰，我们也不打扰别人。

这里有一间蓝白相间的房子，就在酒窖的围墙旁边，附近是脏乱不堪的芥菜和荨麻。好像无人居住的样子。这是拉·戈里拉和她的女儿每个晚上约会的地方。这两个清白善良的女人，总是穿着黑衣服，似乎从未改变。皮尼图就是在这壕沟里死掉的，他落在里面两天都没有人发现。炮手曾经来这里安装大炮。你知道的，当·伊纳次奥在这里藏了走私酒。除此之外，来自拉斯·安格斯脱亚斯的公牛也从这里走过；然而这附近没有小孩子。

你看看，透过壕沟上的桥孔，就能看见荒凉暗红的葡萄园，远一点的是砖窑和紫色的河流。 你再看看，那巨大无比的鲜红落日，仿佛一个有形的神，呈现出一种绝对的崇高，吸引了所有的东西。它缓缓下落在胡尔瓦纤细的海平线、寂静的世界——就是莫格尔，它的郊外，你和我的下面。

八十一　旧斗牛场

柏拉特罗，斗牛场的形象再次闪现在我的脑海里。那个斗牛场早就在某个下午烧掉了……是的，烧掉了，我忘了是什么时候烧的。

我也忘记了那里面的样子……只在脑海里残留着一点印象——难道是在曼诺尔里图·佛罗列斯经常给我的巧克力包装纸上看见的样子？几只鼻子扁平的灰色小狗，仿佛橡胶一样被一头黑色公牛挑着，在半空中甩来甩去……那是一个寂静的圆场，长着绿色的蒿草……我现在只记得它外面的样子，就是从上面看去的样子……从圆场之外的地方看去……四周一个人都没有……我在木制的台阶上一圈接一圈地跑着，越跑越高。幻想中，我跑在一个真实的斗牛场里，和那些包装纸上画的一样；傍晚降临，雨正要下，酝酿着风雨的寒云、海面泛起的微弱日光、地平线上的松树林。远方这些绿色浓厚的景色，全部留在我的灵魂之中。

就是这些事情。我留在那儿多长时间？带我出来的是谁？又是在什么时间？我一点也记不得了，柏拉特罗，也没有哪个人可以告诉我。不过我问他们时，他们都这么说：

“确实，那就是卡斯狄罗斗牛场，已经烧掉啦！那时候，很多斗牛士来过莫格尔。”

八十二　回声

这里好迷人，似乎总有人来。猎人们从山林中回来时，会停在这里，穿过围墙向更远的地方眺望。听说强盗巴尔斯在这片地区流窜时，常常睡在这里。高高升起的太阳常常照在耸立的红色岩石上。傍晚时分，岩石上时常有羊儿在走动，黄色的月亮勾勒出了它们的身影。草地上有个小水池，捕捉着天空里几块黄色、绿色与玫瑰红色的云彩。这个小水池只在八月份干涸。不过孩子们为了丢青蛙或者想溅起有声响的水花，一直往里面扔石块，现在几乎填平了。

经过拐角的角豆树旁时，我让柏拉特罗停一停。角豆树刚好挡住田地的入口，地上满是干豆，看上去好黑；我把双手放在嘴边，冲着岩石大叫："柏拉特罗！"

岩石尖细地应答，因为旁边池水的作用变得柔软许多："柏拉特罗！"

柏拉特罗一下子伸高了头，全身僵硬地颤抖，想要逃跑。

"柏拉特罗！"我对着岩石又大叫一声。

岩石又应道答："柏拉特罗！"

柏拉特罗看看我，又看看岩石，拉开嘴唇，冲着天空不停地鸣叫。最后岩石也鸣叫起来，含糊不清地，与它一同鸣叫，甚至尾音拖得比它还长。

柏拉特罗又鸣叫了。

岩石也又鸣叫了。

后来，柏拉特罗粗暴、倔强地抗议着，脸色阴沉，头扭得和暴风雨一样猛烈，想要挣脱缰绳，想要逃跑，想要抛弃我。直至我温柔地哄它，把它牵走。走到仙人掌丛中，它的叫声才缓缓低下来，最后只剩下它自己的声音。

八十三　惊怕

孩子们正在吃晚饭。洁白的桌布上，油灯芯散发出慵懒柔和的玫瑰色光焰，照在红菊花和熟透的苹果上，也照在孩子们写满诗意的可爱脸庞上。小女孩和成熟的妇女一样正经吃饭，小男孩和男人一样侃侃而谈。远处，有一个年轻美丽的母亲，正在给小男婴喂奶，面带微笑地看着他。从窗户往外看，能瞧见庭院寂静的天空上，繁星点点，非常寒冷。

忽然，白朗卡仿佛一道柔弱的闪电，直往母亲的怀里钻。瞬间就安静了。不久之后，在椅子碰倒声和孩子们的叫声中，所有的孩子都跟在她后面跑了出来，惊恐地盯着窗口。

是小傻瓜柏拉特罗！它白色的大脑袋贴在窗玻璃上，因为影子和玻璃的作用，显得更加巨大无比。它静静地站在窗边，带着淡淡的忧郁，注视着欢乐、明亮的饭厅。

八十四　古泉

在永恒的绿色小松林里，它是永恒的纯白；在玫瑰红与蓝色的黎明中，也是纯白的；在金色与紫色的傍晚里，它还是纯白的；在绿色与淡蓝的黑夜中，它依然是纯白的。那古老的泉水，常常都是纯白的。柏拉特罗，你经常看见我长时间站在那里，一动不动，仿佛一块拱心石或一座坟墓。这道古泉，容纳了全世界的挽歌，即生命的真正感受。

在这里，我看见了巴特农神殿、金字塔，以及全部的教堂。泉水犹如一座庄严的陵墓或是一个装饰着的廊柱，它绵延不绝的美丽总是让我不能安睡。在半睡半醒间，这些事物的形象和古泉不停地交替出现。

对我而言，这道古泉就是所有事物最初的开始，也是它们最终的归宿。它和周围的景致多么和谐；这纯洁的协调多么靠近永恒，光线与色彩都聚集于此。在这里，人们能够随手捧起生命的所有珍宝，就像捧起泉水一样简单。博克林在希腊风光上画了它；佛里·路易斯翻译了它；贝多芬欢乐的眼泪沾湿了它；米开朗琪罗将它传授给了罗丹。

它是摇篮，是婚礼，是歌曲，是十四行诗，是现实，是欢乐，也是死亡。

柏拉特罗，今夜，它如死一般寂静，仿佛是温柔的绿色喧嚣和黑暗中的大理石的身躯。它如死一般寂静，不过我的灵魂已经喷出了永恒的泉水。

八十五　松果仁

那个卖松果仁的小姑娘，踩着阳光从新街走过来了。她卖生的松果仁，也卖烤熟了的。柏拉特罗，我现在去跟她买一个铜板的烤松果仁，我们一起吃。

在这金光闪闪的蔚蓝的日子里，十一月将夏天和冬天交叠在一起。火辣辣的阳光使人的静脉血管喷涨起来，仿佛一条条圆滚滚的蓝色水蛭。来自拉·曼查的卖布商，从寂静的白色街道走过，肩上担着灰色的行李；来自鲁钱纳的金属器商，挑着的货物闪着黄光，它们发出的每一声叮当响都会反射出一抹阳光。来自阿伦纳的小姑娘，侧身拎着小篮子，紧贴着墙面，用黑炭末在白墙上缓缓地画出一条长长的线，同时扯开嗓子，满怀感情地叫道："烤熟的——松果仁哩！"

恋人坐在门口边吃着彼此细心选出的果仁，脸上满是幸福的微笑，孩子们在上学的路上停下，坐在台阶上用石头砸开果仁。小时候，冬季的下午，我们常常会跑去洛斯·阿来约斯的马利安诺的橘子园里，带上一大包用手帕裹着的烤松果仁。而我最喜欢的就是用带去的小刀砸开果仁。那是一把珠母刀柄上雕刻着小鱼的小刀，上面还有两颗红色的小宝石，就是鱼的双眼，从它里面能看见埃菲尔铁塔。

柏拉特罗，烤松果仁给嘴巴带来了多么甜美的味道啊！它会激发人乐观向上的知觉，给人带来快乐。吃了松果仁，在严寒的冬日里，你就仿佛一座永远的纪念碑一样安稳，甚至连身上厚重的冬衣也已经忘记，能轻松自由地走动了。柏拉特罗，此时，我觉得自己好像可以去和李昂或者马车夫艾尔·曼奎图比比掰手腕了。

八十六　十一月的园诗

太阳快下山时，柏拉特罗从郊外背回了松软的松枝，那是用来烧炉子的。它被大捆绿色的松枝覆盖着，简直看不到了。它迈着简短轻快的步伐，可爱地走着，仿佛没有移动的样子。它把两只耳朵竖直，看上去就像一只背着壳的蜗牛。

那绿油油的树枝，在它生长的时候，沐浴着阳光和月色，为山雀和乌鸦提供栖息的地方——是啊，柏拉特罗，这真是个恐怖的情景，不过树枝已经掉下，一切都成了定局。现在，这悲哀的树枝正在阳光下，在干巴巴的满是尘埃的小路上摇晃。

紫色的冷气温柔地包围着整个世界。田野里，十二月就要来了，背上载着树枝的小驴子，起初温和而恭敬，后来好像慢慢发生了变化。

八十七　白雌马

柏拉特罗，我满怀惆怅地回到家了。事情的经过是：当我走过百花街到波尔他达时，也就是那对双胞胎被雷劈死的位置，看见了艾尔·梭都的白雌马躺着，死在那里了。好几个几乎没穿衣服的孩子悄无声息地站在它旁边。

刚好从那经过的女裁缝珀烈拉跟我说，艾尔·梭都喂烦了这匹雌马，今天早上带它去屠宰场了。你很清楚，那个不幸的东西老得像当·租列安一样愚蠢。它看不见，也听不见，甚至连走路都困难。应该是中午的时候，这匹雌马再度出现在主人的家门口。艾尔·梭都发火了，挥着葡萄藤撵它，不过它不走。接着，主人拿镰刀割它。人们一下子围上来，在一阵哄笑和谩骂声中它跑到了街上，跛着脚，摇摇晃晃地走着。一群孩子跟在它后面，大喊大叫的，同时还拿石头扔它。终于，它摔倒在地，就在那里他们弄死了它。一些同情的话语落在它身上，比如“让它平静地死吧”，等等。柏拉特罗，仿佛我们在的话也可以说一些话。然而这些话语，简直像一只蝴蝶旋转在发狂的海风中那样无力。

我在看到它时，那些石子散在它旁边，它的身子仿佛冷冰冰的石子。它有只眼睛睁得大大的，不过它活着时那只眼睛是什么也看不见的，如今死了，却好像可以看见。日落的天空，被最柔软的纤云掩盖着，在严寒中更显孤独高旷。此刻，它眼睛里的白色，是这条黑乎乎的街道上唯一的亮光。

八十八　铁锅小夜曲

柏拉特罗，他们非常棒。当娜·卡米拉穿上了玫瑰红搭配白色的衣服，手里拿着教鞭和挂画，走来走去地给一头小猪上课。一旁的沙他纳斯，一手抓着个空酒瓶，另一手伸进了她的口袋，要把钱包掏出来。我觉得这些戏服是佩贝·艾尔·普罗和贡查·拉·曼达德拉做的。我看见他们之前在我们家拿走了几件旧衣服。佩皮图·艾尔·列特拉走在队伍的最前面，他骑在一只黑色的驴子上，手里摇着一张旗子，装成牧师的样子。后面跟的是，安密狄奥街，喷泉街，拉·卡列特利阿，巴拉梭列他·的·拉·罗斯·艾斯克里班诺斯和老佩德罗·特罗坊全部的孩子，他们走在洒满月光的街道上，根据一定的节奏，协调地敲击铁罐、铃铛、铁壶、铜盆、铁锅和盘子。

你非常清楚，当娜·卡米拉都六十岁了，守过三次寡，而桑他纳斯，虽然是个老鳏夫，却幸运地喝下了在七十个葡萄收获季节中酿出的新酒。今夜，人们可以去他们紧闭的门窗后面偷听，窥视桑他纳斯和他新妻子的浪漫情史，那可都是和歌舞剧一样的情节。

柏拉特罗，闹婚礼的铁锅小夜曲要闹上三天。过后，邻居家的女人们都会去小广场，从祭坛上亮着灯的圣像那里，拿回自己的东西。广场上，还有喝醉的人在跳舞。同时，孩子们玩耍的吵闹声会延续好几夜。再后来，便只有一盏明月和那浪漫的爱情故事……

八十九　吉卜赛人

柏拉特罗，看看她，她正踩着铜色的阳光沿街走来，昂首挺胸，谁都不看。她仍然维持着往日的风采，和橡树一样健美。冬天，她和平常一样穿条带有白点的蓝色荷叶裙，裹着黄色的披巾。她现在要去镇上，申请在墓地后面的老地方扎营。你肯定记得，吉卜赛人的破烂帐篷、篝火、美丽的女人，以及遍地瘦得要死的驴子。

柏拉特罗，那些来自佛里塞他的驴子，在矮小昏暗的畜栏里，只要听见吉卜赛人走来，就会害怕到发抖——我可不操心柏拉特罗，因为，倘若吉卜赛人想去它的畜栏，还要穿过一半的镇子；还有卫兵伦格尔，他对我很好，对它也很好——不过，我就是想逗它玩玩，吓吓它，我装模作样地说：

“进来吧，柏拉特罗，快进来！我要关门了，他们会来抓走你的！”

柏拉特罗肯定清楚，吉卜赛人是抓不走它的。但是当我把门重重地拉上，发出铁和玻璃的撞击声时，它一下子又蹦又踢的，从大理石的院子穿过，跑到鲜花盛开的园子，随后溜进畜栏了。这个小傻瓜，跑那么快，弄掉了蓝色的牵牛花。

九十　火焰

柏拉特罗，来，再靠过来一点。这里没有必须遵守规矩的。你待在卫兵的身边，他会很开心的，他也是你的朋友。你应该清楚，他的小狗阿里非常喜欢你。至于我对你的感情，不用说你也知道的。柏拉特罗！待在橘子园中肯定非常寒冷！你会听见拉朴梭不停地说：“上帝发发慈悲吧！今晚可别把橘子都冻坏了！”

柏拉特罗，难道你也喜欢火吗？我觉得没有哪个女人的裸体可以和火相比较。不论多么柔顺的秀发，多么润滑的臂膀，多么迷人的长腿都比不上这裸露的火热。可能在大自然的赐予中，火是最好的。房子已经关上，屋外夜色浓重、寂静。不过从这小小的窗口里，我们能与大自然更加亲近，并且是比郊外还亲近！这火就是房子里的宇宙。它仿佛是伤口里喷出来的鲜红血液，一直涌动，赐予我们温暖，赐予我们热量，唤醒我们一切关于世间的回忆。

柏拉特罗，好漂亮的火！看看阿里，它瞪着可爱的大眼睛看着火焰，差点烧着自己。多么的愉快啊！飞舞的金光和影子笼罩着我们。房子整个地晃起来，犹如精巧的哥萨克舞，一会儿高高跳起，一会儿又落下来。所有会出现的形象，在这无尽的美妙里尽情显现：树枝和小鸟，狮子和水，山和玫瑰花。你看看，就连我们也漫不经心地飞舞在墙上、地板上和天花板上。

好刺激，好陶醉，好美丽！柏拉特罗，在这里，就连爱情自身和死亡也很相似。

九十一　老驴子

最后，它走得非常疲惫

走一步就会停顿一下。

——民谣：《阿乐长伊德贝莱斯的灰色战马》

柏拉特罗，我没有办法离开这里。到底是谁将它扔在这里的？不幸的东西，既没有人理睬又没有人帮助。

它可能是从屠杀场里逃出的。我觉得它已经听不见我们的声音，也看不见我们的身影了。今天早上，在相同的围墙里，你见过它一次。它站在白云下，满脸的不幸和痛楚，身上的苍蝇仿佛活动岛屿一样，耀眼的阳光照得它浑身发亮。在亮丽的冬日里，它就像个怪物。缓慢地、毫无方向地转来转去，四条腿都跛了，最后又转到了原来的位置，只是改变了方向。早上它冲着西面，现在是冲着东面。

柏拉特罗，老了就没有用了！这不幸的朋友就在那里，即使春天正向它走来，行动自由的它却待在原地。难道它和贝格尔一样站着死掉了？它一动不动的，站在日落的天空下，任何一个小孩都能勾勒出它的轮廓。

看看，我推它，它动也不动；我叫它，它毫无反应。似乎死亡已经使它植根地上。

柏拉特罗，今晚，在这高墙上吹着的北风会将它冻死的。柏拉特罗，我没有办法离开这里，我也没有办法帮助它。

九十二　康复

在我休养的房间里，昏黄的灯光、软绵绵的地毯令人非常温暖、舒适。夜里，我能听见从田野经过街道，轻快地走回家的驴子的蹄子声，以及孩子们的叫喊声和笑声。所有的一切宛如梦的星星，溶化在露水里。

很容易就能想象到，驴子那黝黑的大脑袋和孩子们纤娇的小脑袋凑在一起，孩子们伴着驴子的鸣叫声，唱起了银铃般的圣诞歌曲。镇子弥漫着烤栗子的烟雾、马厩发出的蒸汽和从安静的壁炉里升起的柴烟。

我的灵魂流出了纯净的力量，仿佛一股神奇的圣水，由我心底阴暗的岩石喷出。这是赎罪的明光！这是最真实的时刻，冰冷而暖和，闪着永恒的念想。

外面的钟声，在遥远的星星之间响起。柏拉特罗在它的厩栏里附和着鸣叫，仿佛和我离得很远。我开始在虚弱里痛哭，像浮士德一样。

九十三　黎明

冬天的早晨总是姗姗来迟，机灵的公鸡只要瞧见黎明的第一抹玫瑰红，便会发出欢快的问候。柏拉特罗已经睡醒，发出了长长的鸣叫。远远听见它唤醒我的声音，感觉好甜蜜！那时候，蓝色的光线正透进我的卧室，在舒服柔软的床上躺着，我想念着白天，渴望着阳光。我突然想起，柏拉特罗倘若不是被我这个诗人养着，而是成为一个卖炭者或者困苦的吉卜赛人的牲口，那会是怎样的情形？那些卖炭者会在夜里赶着它走过被霜冻的硬邦邦的、孤独的小路去树林里偷松枝；吉卜赛人可能给它刷上油漆，拿砒霜给它吃，还会把针放进它耳朵里，防止耳朵下垂。

柏拉特罗又开始鸣叫。难道它知道我正想着它？不过这无关紧要。在太阳初升的时候想念它，就和黎明那样让我开心。谢谢上帝，它有个暖和舒服的厩栏。仿佛小小的摇篮，也仿佛我对它亲切的想念。

九十四　堤岸街

柏拉特罗，我就出生在这里，就是这座如今已经是防卫所营房的大房子里。小时候，我非常喜欢这简陋但又丰富多彩的阳台。它是摩尔式风格的建筑物，是根据卡尔发亚大师的想法建成的，上面还镶着五彩的玻璃星星。柏拉特罗，透过铁栅栏，你可以瞧见后院白色和紫色的丁香，旧得都发黑的木格子上缠绕着许多蓝色的牵牛花。这都是我童年时最爱的。

柏拉特罗，等到下午，水手们要来这里，他们站在百花街的转角。穿的衣服都是用不同的蓝色料子拼接而成的，仿佛十月份的田野。在我的印象里，他们很高大魁梧；从他们分开站立的双腿间（由于航海习惯，海员们普遍这么站），我可以看见下面的河流，那还有一条干涸的沼泽与明亮的水流平行着；有一只缓缓漂动的船浮在另一条美丽的河流的支流上；太阳就要落下，天空的云块仿佛一块块紫红的污迹。后来，父亲把家搬到了新街，因为来往的水手们常常拿着刀，因为孩子们会在晚上弄坏门口全部的铃铛和灯笼，还因为街角的风非常大。

透过围起来的阳台往外面看，能看见大海。我一辈子也忘不了那天晚上，他们紧张、颤抖地把所有的孩子带上楼，望着在一条沙洲上烧起来的英国船。

九十五　圣诞节

田野上有一堆篝火！在圣诞节前一天的傍晚，太阳暗淡浑浊的光线，微弱地撒在辽阔生冷的天空里，平时湛蓝的天空，此时变成了灰色。忽然，听见了绿色树枝燃烧时发出啪啪裂开的声音；接着有一股浓浓的烟雾上升，颜色和白色貂皮一样，后来，冒出的火焰像在空气中伸出了许多灵活的舌头，舔散了烟雾。

啊，火焰在风中飞舞！那些玫瑰色、黄色、淡紫色和蓝色的精灵全都消失了，没有人知道它们去了哪里，可能是藏进了低沉隐秘的天空；焰火给严寒的空气提供了热腾腾的气流。此刻十二月的田野已经暖和了！热情的冬天！欢乐的圣诞节前夜！

周围的石玫瑰凋零了，四处的风景在热烘烘的空气里颤动，仿佛移动的纯净水晶。守门人不幸的孩子们，没有布置圣诞节的东西，只好围在篝火旁，烤烤冻僵的双手，将栗子和橡子放进炭火里烤，听见啪啪的爆裂声。随后，他们兴奋起来，在火堆旁跳来跳去。黑暗里，火光显得越来越红，孩子们唱着：

走吧，玛利，
走吧，约瑟……

我带来了柏拉特罗，让他们和它一起玩耍。

九十六　冬天

上帝正在他的水晶宫中。这样说的意思是，正下着雨，柏拉特罗。正下着雨。秋天遗留下来的最后的花朵，正紧紧抓着柔弱的枝条。此时，花朵上满是钻石。每一颗钻石都是一片完整的天空，都是一座水晶宫，都会有一个上帝。你看看这朵玫瑰，它里面还包含着另一朵水玫瑰；当你轻轻碰碰它——看到了吗？另一朵发光的花就会坠落，就像它的灵魂；也像我的灵魂，留下了低迷和哀伤。

雨水和阳光一样，能带来欢乐。你要是不信，可以看看孩子们红润润的脸和奔跑在雨水里的光脚板。看看那一群麻雀，一窝蜂似的朝常春藤飞去，柏拉特罗，正如你的医生达邦说的那样，它们跟去上学似的。

下着雨，我们今天就不去郊外了。这是沉思反省的好日子。看看，雨水沿着屋顶的瓦沟在奔流；看看，绿叶是如何被清洗干净的；看看，昨天孩子们还停在草丛中的小船，此刻又开始在水渠中航行了；你再看看，此时微弱的阳光里，那道彩虹如此迷人，它从教堂那边升起来，到我们这边模糊成七种颜色。

九十七　纯净的夜

突出的屋顶挺立在蓝色的天空里，蒙着霜气，在寒冷的星光下闪闪发亮。明净而沉默的北风凛冽地刮过。

寒冷让所有人都躲进门窗紧闭的房子里。而我们，柏拉特罗，你穿着你的毛皮外套，我披着我的斗篷，带上我的灵魂，缓缓地从洁净而寂寞的小镇中走过。

好像存在一种内部的力量让我的情绪升华，我变成了一座用宝石建造的高塔。尖顶是银色的，直延伸到辽阔的天空——看看，好多的星星！多到看不过来，让人觉得天空可能是在对着大地诵读——闪光的理想和爱情的玫瑰经。

柏拉特罗，柏拉特罗！我将要奉献我全部的生命，希望你也和我一样，把生命献给这独一无二的孤独纯净并且清高冷傲的圆月之夜。

九十八　荷兰芹花冠

“我们来看看谁先到达终点！”

奖品是我前天晚上收到的，一本从维也纳邮寄来的画册。

“我们来看看谁先到达那边的紫罗兰丛！一，二，三！”

在昏黄的阳光里，穿着粉红色、白色衣服的女孩们在一阵欢乐的叫声中迅速跑起来。这清晨时刻，她们喘着气，在寂静里不动声色地努力着。有一会儿，能听到镇上钟楼传来的缓缓的响声。满是松树和蓝色蝴蝶花的山上，有只蚊子嗡嗡地飞着。溪涧的泉水不停地流淌。这时，女孩们刚刚到达第一棵橘子树下，正在那里玩耍的柏拉特罗被她们的游戏吸引了，立刻参与到这场活力四射的比赛中。她们害怕输掉，不敢提出异议，也不敢笑出来。

我大声喊道：“发生了什么，柏拉特罗就要赢了！柏拉特罗就要赢了！”

确实，柏拉特罗最先跑到了紫罗兰丛，随后躺在那里的沙地上打滚。

女孩子们气喘吁吁地走回来，扯着袜子，整理着头发，同时抗议道：“那不算！那不算！发生了什么，不能算数的，不能！不能！”

我对她们说，柏拉特罗跑赢了这场比赛，应该奖励它。可是柏拉特罗不会读书，所以这本书还会保留着作为她们下一次比赛的奖品；不过，我们还得奖励柏拉特罗。

她们明白了书还是会被她们拿着，便红着脸，又跳又笑地说：“好的！好的！好的！”

我突然想起了自己。我明白，柏拉特罗是凭着自己的努力，赢得了它应该得到的最好的奖品，这和我写诗得到的一样。于是，我从门口女管家的箱子里挑出了一些荷兰芹，编成一个花冠——这是暂时最高的荣耀——戴在了柏拉特罗的头上，似乎它就是斯巴达比赛中的冠军。

九十九　三王

柏拉特罗，孩子们今晚是如此激动啊！我们似乎无法让他们入睡。最终，睡意还是打败了他们。一个卧在扶手椅上，另一个躺在靠近炉火的地板上；佩普倚在窗台上，头顶着窗户的钉头形饰物，这样当三王从那里走过时，就会被发现。他们活力四射、魔幻似的沉睡，犹如一颗丰满、强健的心。

晚饭前，我和全部人一起走到楼上。他们在楼梯里不停地说话！谈论的内容是在其他夜里会不会吓坏他们。

“我可不怕天窗，佩普，你害怕吗？”白朗卡说着，握紧了我的手。我们将所有孩子的鞋子放到阳台上的柠檬树间。此时，柏拉特罗、蒙得玛雅、狄塔、玛利亚·提舍沙、罗利拉、必里戈，我们一起套上被罩、床单，戴上陈旧的帽子。等到午夜十二点，我们就会举着灯从孩子们的窗边走过，戴上面具，击打着黄铜臼，吹着喇叭和搁置在另一间房里的海螺壳。柏拉特罗，你和我一同走在最前面，我会戴着亚麻做的白胡子装作卡士巴尔亚；你将披上哥伦比亚的国旗，那可是我从做领事的叔叔家中拿来的。孩子们突然醒过来，他们全部穿着睡衣，用充满了疑惑和睡意的眼睛从玻璃窗后看过来。随后，他们会再次进入凌晨的梦里。次日，太阳升起来了好一会儿，蓝天的光线已经透过窗口照在他们的脸上，还穿着睡衣的他们便都跑去阳台，拥有了全部的珍宝。

去年的时候，我们享受了一段欢乐时光。今晚，你可以看见我们度过更欢乐的时光，柏拉特罗，我可爱的小毛驴！

一〇〇 酒

柏拉特罗，我跟你说过，面包是莫格尔的灵魂。不是的，莫格尔其实是一只浑厚而明净的水晶酒杯，在蓝天下，耐心等待它如黄金般的佳酒。九月时，倘若魔鬼没有下雨冲走节日的欢庆活动，这个杯子就会装上满满的酒，几乎要溢出来，犹如一颗慷慨大方的心。

到那时，全镇都能闻到上等的或差些的酒香，以及玻璃杯碰撞的声响。此时，为了让这个白色的小镇更加欢乐，太阳似乎把自己献给了这唯美的液体，愿意无条件地融化在它健康的血液里。夕阳下，任何一条街道上的任何一户人家，都像是胡安尼图·米格尔或艾尔·里阿利斯酒架上的一个酒杯。

我想起端纳的“懒泉”，上面的柠檬黄色好像都是用新酒来画的。莫格尔的酒泉似乎是它每一个伤口里不停奔流的血液，像四月的太阳那样是一道欢乐与哀伤的源泉。它会在每年春天升起，然而每天又都会落下。

一〇一 嘉年华会

今天，柏拉特罗非常漂亮！这是嘉年华的第一天，孩子们全都穿上了节日的盛装。柏拉特罗披上了摩尔人的马饰，上面绣了复杂的红、蓝、白、黄的花叶样式。

有雨，有阳光，不过依然寒气逼人。下午冷飕飕的寒风顺着人行道，将变形的彩纸，刮成了一条一条的平行线，戴着面具的人恨不得将每一件东西都做成口袋，裹住他们冻僵了的双手。我们走到广场的时候，一群女人打扮成傻子的模样：套着白色的长衬衫，披散的头发上扎着绿叶编织的花环。她们手拉手把柏拉特罗围在中间，高兴地在它周围打转。

柏拉特罗愣住了，竖起双耳，头抬得高高的，仿佛一只被火困住的蝎子，害怕地想要从某个地方跑出去。然而它这么娇小，傻子们根本不怕它，依旧围着它打转、唱歌、嬉闹。孩子们瞧见它被包围了，就学起驴叫来逗它叫。整个广场早就演变成了一场盛大的铜管乐音乐会，伴着驴鸣、笑声、歌声、手鼓声、臼炮声。

最终，柏拉特罗仿佛是下狠心一样，冲出了包围圈，哭叫着跑向我，它华美的服装也都凌乱不堪了。它和我一样，对嘉年华会没有太大兴趣，我们两个天生对这些事情就不喜欢。

一〇二　沙贩的驴群

你看看，柏拉特罗，葛马都的那群驴。它们受到了虐待，正缓慢消沉地载着堆得高高的漏沙，一根绿色的橄榄枝插在上面，犹如插在它们心里一样。那是用来抽打它们的。

一〇三　死

我看见柏拉特罗躺在草床上，两眼满是脆弱和悲伤。我轻轻走过去，拍着它，和它说话，想要帮助它站起来。

可怜的它抽搐了好一会儿，一条腿还跪在地上。它不能站起来。我把它的前腿伸直放在地上，再次温柔地拍拍它，随后把它的医生找来。老达邦看看它，接着将没牙的大嘴巴贴上它的脖子背面，紧紧搂住它充血的脑袋，像钟摆一样前后摇晃。

“不对劲，是吗？”我不知道要怎么回答……这不幸的驴子要离我而去……什么办法都没有用……一阵疼痛……那些有毒的草根……草地上的脏东西……

正午，柏拉特罗就死去了。它软绵绵的肚子已经肿得和球一样，僵直的四肢冲着天空。它的身上蜷曲的毛发，仿佛被虫蛀了的破烂洋娃娃的亚麻头发，轻轻碰一下就会掉下来，变成哀伤的尘土。

一只美丽的三色蝴蝶，在寂静的马厩里飞着，每每从小窗洒下的光线中穿过，都会闪烁着光亮。

一〇四　忆旧

柏拉特罗，你可以看见我们，是吗？

你看见了果园里那口井，它清凉的水如何在宁静中微笑；看见了勤劳的蜜蜂，如何在淡紫斑斓的迷迭香四周飞来绕去，在小山上踌躇时，如何让阳光照成金色与玫瑰红。

柏拉特罗，你可以看见我们，是吗？

你看见了洗衣女人那群哀愁、跛脚而劳累的小驴，正从红色的斜坡爬过，它们要去古泉。此时，明朗辽阔的天空和广袤晶莹的大地连成一片。

柏拉特罗，你可以看见我们，是吗？

你可以看见孩子们在石玫瑰丛中跑来跑去，看见树枝上摇摆的花朵，似乎一群群点缀着红点的白蝴蝶，栖息在那儿，不愿飞走。柏拉特罗，你可以看见我们，是吗？

你可以看见我们，是吗？肯定是的，你看见了我。在没有云彩的黄昏，我听见了你轻柔的、哀伤的鸣叫，令整整一大片葡萄园山谷，都温柔了许多……

一〇五　锯木架

我将柏拉特罗的笼头、缰绳放在木制的锯木架上，搁置在阁楼的角落里，那儿存放着不用了的婴儿床。阁楼里宽敞、安静、明亮。从那里能俯视整个莫格尔的郊野：红色的风磨在左边；蒙得玛雅和掩映在松树林里的教堂在正前面；教堂的后面，隐藏的是拉·卡纳的果园；西边是正值夏日涨潮的海洋，闪闪发光。放假时，孩子们会跑来阁楼玩耍。他们用许多烂椅子做成客车；用涂了红色颜料的报纸做戏院、教堂、学校……

有时候，他们会爬上没有灵魂的锯木架，在上面激动地拍手、撑腿，飞驰在他们想象的草原上：

"跑起来，柏拉特罗，跑起来！"

一〇六　哀伤

今天下午，我和孩子们一同去看望柏拉特罗的墓地，它掩映在拉·卡纳果园中那棵高大繁茂的青松之下。墓地的周围，四月潮湿的土地上盛开着美丽的黄蝴蝶花。

在映染了天空蓝的绿色树冠上，山雀唱着柔和婉转的歌曲，悦耳的声音绽放在午后温暖的金色空气里，犹如情窦初开时的美梦。

孩子们走到墓地时，停止了叫喊。满脸沉默、严肃地站在那里，亮晶晶的眼睛注视着我，令我满心疑惑。

“柏拉特罗，我的好朋友，”我冲着地面说，“倘若你和我想象的一样，此时你正走在天堂里的草原中，毛茸茸的背上还坐着年轻的天使，我想你大概已经忘了我的存在。柏拉特罗，你告诉我，你有没有一直记得我？”

似乎来回答我一样，开始没有见到的一只白色的美丽小蝴蝶，在一朵朵的蝴蝶花之间很显眼地飞来飞去，像个灵魂一样。

一〇七　致莫格尔天上的柏拉特罗

温顺、踩着碎步的柏拉特罗，我最喜爱的小毛驴，经常载着我的灵魂——只有我的灵魂——走过满是仙人掌、锦葵和忍冬花的美丽小路：这本书是写给你、谈论你的，此刻你能理解它了。

这本书，会从莫格尔风景的灵魂到达你的灵魂——现在正在天堂里吃着草的你，莫格尔的灵魂肯定也和你的一样都在天堂里；这本书的每一页纸都将携带着我的灵魂，经过开了花的荆棘丛，朝天堂飞奔，一天又一天，它会变得越来越慈祥，越来越温和，越来越纯净。

是啊，黄昏的时候，每一次我从金莺和橘子花丛中间慢慢地思索着走过，来到哄你长睡的松树下时，我清楚，柏拉特罗——你正高兴地驻足在开满永远也不会凋谢的玫瑰花草原上——可以瞧见站在黄色蝴蝶花面前的我。这些黄色蝴蝶花，是从你破碎了的心里绽放出来的。

附录一　希梅内斯年表

1881年　12月24日生于西班牙安达卢西亚平原南部的莫格尔。

1892年　入圣玛利亚学校就读。

1896年　取得大学入学许可，攻读法律。

1900年　诗集《紫色的灵魂》和《白睡莲》出版。

1902年　诗集《诗韵集》出版。

1903年　诗集《悲伤的咏叹调》出版。

1904年　诗集《远方的花园》出版。

1907年　创作《春天的歌谣》。

1908年　诗集《纯粹的挽歌》(第一哀歌集)出版。

1909年　诗集《温和的挽歌》(第二哀歌集)出版。

1910年　诗集《悲哀的挽歌》(第三哀歌集)出版。诗集《春之组曲》出版。

1911年　诗集《夸大性的寂寞》《魔幻性的哀诗》《田园诗》出版。

1912 年　诗集《迷宫》出版。

1914 年　散文与诗集《小毛驴与我》出版。

1915 年　诗集《夏令》出版。

1916 年　与塞诺薇娅结婚，发表《一个新婚诗人的日记》。

1917 年　诗集《精神的十四行诗》出版。

1918 年　诗集《永恒》出版。

1919 年　诗集《宝石与天空》出版。

1923 年　诗集《美》《诗歌》出版。

1936 年　诗集《歌集》《全季》出版。

1942 年　诗集《三个世界中的西班牙人》出版。

1945 年　诗集《我所唱出的歌》出版。

1946 年　诗集《乳癌》《季节，新光之歌》出版。

1948 年　诗集《一位诗人与海的日记》《卡洛·卡布利斯的罗曼史》出版。

1949 年　诗集《底层的动物》出版。

1954 年　创作最长的诗歌《空间》，这首诗被誉为“20 世纪最杰出的象征主义代表作”。

1956 年　10 月 25 日，荣获诺贝尔文学奖。三天后，他的太太塞诺薇娅逝世。

1958 年　5 月 29 日去世，安葬于莫格尔墓地。

附录二　诺贝尔文学奖大系书目

1901 年　苏利·普吕多姆（法国）《孤独与沉思》

1902 年　特奥多尔·蒙森（德国）《罗马史》

1903 年　比昂斯滕·比昂松（挪威）《挑战的手套》

1904 年　何塞·埃切加赖（西班牙）《伟大的牵线人》

1904 年　弗雷德里克·米斯特拉尔（法国）《米赫尔》

1905 年　亨利克·显克微支（波兰）《你往何处去》

1906 年　乔苏埃·卡尔杜齐（意大利）《青春的诗》

1907 年　拉迪亚德·吉卜林（英国）《丛林故事》

1908 年　鲁道夫·奥伊肯（德国）《人生的意义与价值》

1909 年　拉格洛夫（瑞典）《尼尔斯骑鹅旅行记》

1910 年　保尔·海泽（德国）《骄傲的姑娘》

1911 年　梅特林克（比利时）《青鸟》

1912 年　霍普特曼（德国）《织工》

1913 年　泰戈尔（印度）《新月集·飞鸟集》

1915 年　罗曼·罗兰（法国）《约翰·克利斯朵夫》

1916 年　海顿斯坦姆（瑞典）《查理国王的人马》

1917 年　彭托皮丹（丹麦）《天国》

1917 年　耶勒鲁普（丹麦）《明娜》

1919 年　卡尔·施皮特勒（瑞士）《伊玛果》

1920 年　汉姆生（挪威）《大地的成长》

1921 年　法朗士（法国）《泰绮思》

1922 年　贝纳文特（西班牙）《不该爱的女人》

1923 年　叶芝（爱尔兰）《当你老了》
1924 年　莱蒙特（波兰）《农夫》
1925 年　萧伯纳（爱尔兰）《圣女贞德》
1926 年　黛莱达（意大利）《邪恶之路》
1927 年　亨利·柏格森（法国）《创造进化论》
1928 年　温塞特（挪威）《新娘·女主人·十字架》
1929 年　托马斯·曼（德国）《布登勃洛克一家》
1930 年　辛克莱·刘易斯（美国）《巴比特》
1931 年　埃里克·卡尔费尔德（瑞典）《荒原与爱情》
1932 年　约翰·高尔斯华绥（英国）《福尔赛世家》
1933 年　伊凡·亚历克塞维奇·蒲宁（俄罗斯）《阿尔谢尼耶夫的一生》
1934 年　路易吉·皮兰德娄（意大利）《六个寻找剧作家的角色》
1936 年　尤金·奥尼尔（美国）《进入黑夜的漫长旅程》
1937 年　马丁·杜·加尔（法国）《蒂博一家》
1944 年　约翰内斯·延森（丹麦）《希默兰的故事》
1945 年　加夫列拉·米斯特拉尔（智利）《葡萄压榨机》
1946 年　赫尔曼·黑塞（瑞士）《荒原狼》
1947 年　安德烈·纪德（法国）《窄门》
1949 年　威廉·福克纳（美国）《喧哗与骚动》
1954 年　海明威（美国）《永别了，武器》
1956 年　希梅内斯（西班牙）《小毛驴与我》
1957 年　加缪（法国）《局外人》
1958 年　帕斯捷尔纳克（苏联）《日瓦戈医生》